pop up 2

Collana diretta da Manuela La Ferla

Luca Dresda

dateci del lei

CADMO

Dresda, Luca (1968-)
dateci del lei. - Fiesole : Cadmo, 2005.
241 p. ; 12 cm. (Pop-up ; 2)
ISBN 88-7923-324-6

853.92

Edizioni Cadmo
Via Benedetto da Maiano 3
50014 Fiesole FI

tel. 055 5018 1
fax 055 5018 201
edizioni@cadmo.com
http://www.cadmo.com

Progetto grafico di Federica Giovannini, Studio Giovannini&Vallese (Firenze)

Printed in Italy

a mio nonno che assomigliava a Buster Keaton

«Per vedere se andrà meglio
aspettiamo quelli lì
che già la pensano così:
Noi siamo piccoli,
ma cresceremo,
e allora virgola,
ce la vedremo,
chiusa parentesi, riporto sei,
noi siamo piccoli,
ma dateci del lei.»

Renato Rascel, *Sì,… buonasera!*, 1978

dateci del lei

Quella strana voglia d'andarsene

Ho avuto un'idea. La coltivavo da mesi ma ero in attesa di un segnale che non è mai arrivato. Anni di aspettative. Dispiaceri. Sconforto. Ho un'insuperabile capacità di piangermi addosso senza bagnarmi. Il tutto è venuto a galla osservando mio fratello maggiore, Gigi. Lui riesce addirittura a invidiarmi. Dice che sono stato un privilegiato in famiglia, perché avrei avuto tutte le opportunità a portata di mano senza lottare, e avrei saputo scegliere soltanto in base ai miei interessi. Io penso esattamente lo stesso di lui. I nostri due anni di differenza a volte sembrano espandersi illimitatamente. Noi non parliamo. I nostri scambi verbali assomigliano ai gesti del postino quando inserisce la posta nelle cassette delle lettere del condominio. Non so perché, ma ogni volta che mi chiede un favore mi trovo a distanza di tempo a pagarne le conseguenze. Qualcosa m'impedisce di pensare che un fratello possa usarmi come un lucido da scarpe. È un tabù radicato nel midollo spinale. In teoria, dovremmo unirci e combattere insieme, siamo dello stesso vivaio bastardo, mi dico, anche se a guardarci nessuno penserebbe che siamo dello stesso sistema solare.

Da qui parte la mia idea. Un sindacato dei trentenni. Difendere i diritti di una generazione. Lo chiameremo: *Dateci del Lei*. La Lobby dei Trentenni. Un club esclusivo per chi entra nei 30 anni e stenta a uscirne, a disconferma della sua anagrafe. Una sorta di movimento di rivolta, una comunità di ribelli per unire i lembi strappati delle nostre identità e farne un tessuto unitario, per quanto possibile. È inutile creare definizioni nuove, TRENTENNI va benissimo, include tutti, anche se alcuni di noi sono più vicini ai quaranta (alcuni anche ai cinquanta), perché sono proprio i riti di passaggio e i confini a essere evaporati. Ci ritroviamo nello stesso indistinto insieme onnicomprensivo che annulla le nostre diversità. La nostra funzione sarà proprio quella di dare nuova vita al flusso che fa passare da una generazione all'altra. Svuotare il parcheggio. Fare un contenitore che sia formato da individui sempre diversi. I nuovi arrivati, e tanti, molti ex, ormai entrati in altre fasi della vita.

In fondo avremmo tutte le opportunità. Potremmo essere chi vogliamo, a scelta tra le proposte delle pubblicazioni settimanali più vendute (quelle femminili seriose e ridondanti, quelle maschili involontariamente comiche). È da poco tempo nella storia dell'umanità che esistono tante individualità potenziali a disposizione di tutti. C'è scelta. La vita, come dice qualcuno, potrebbe essere rappresentata dalla metafora di un enorme buffet riccamente imbandito dal quale ognuno può ricavare il proprio menu personalizzato. In verità, sono talmente tanti i traguardi obbligatori da raggiungere per essere semplicemente salutati all'entrata dell'enoteca in voga, che prima di sentirci integrati in un qualsiasi gruppo sociale siamo già in età da circolo delle bocce con ballo domenicale. Ogni giorno nasce un bisogno nuovo, una scoperta tecnologica nuova che rendono inarrestabile l'effusione di acquolina in bocca quando entriamo nei mega centri commerciali. Spesso penso che qualcuno (un sottosegretario gobbo e dall'alito pesante o un archivista miope e dalle ginocchia valghe) abbia in custodia le chiavi della dimora delle invenzioni, il luogo sacro in cui si accatastano giorno dopo giorno tutte le innovazioni tecnologiche in attesa di essere divulgate. Perché noi consumatori non potremmo capire troppe innovazioni tutte d'un sol colpo, dicono, non le capiremmo e non ci accapiglieremmo per possederle per primi. Noi esseri spremibili dobbiamo poter assorbire il nuovo per apprezzarne gli *effetti vitalizzanti*, anche se il tempo a nostra disposizione si riduce sempre di più. Per questo i padroni del marketing planetario ordinano ai propri schiavi-custodi-del-nuovo di farne uscire una soltanto ogni tot mesi, a caso magari: per poterci tenere più saldamente al cappio e diventare così anche i nostri padroni. È uno stillicidio talmente inarrestabile da renderci inermi, ma non abbastanza da non farci svuotare il portafogli alla ricerca del piccolo, miserabile, materiale sogno personale. Siamo soli. Spaesati. Inutili. Da anni senza guide attendibili. Senza insegnanti. Senza lavoro e senza un'età. Ma soprattutto senza un'identità cronologicamente coerente con quello che ci è stato insegnato.

Con-sequenze.

Vigilia di Natale. Già la ricorrenza innervosisce di suo. Entro in tabaccheria. Una signora tra i cinquanta e i sessanta portati passivamente in un corpo ridondante mi accoglie senza fretta.

«Ciao.»

Un disturbo. Come un *multipath*. Percepisco un'eco flebile: «... i-a-o». Mi fermo e la guardo. In un millisecondo il mio campo visivo inquadra un uomo della stessa età lì accanto, in piedi.

Anche lui mi fa: «Ciao. Desideri qualcosa?».

Altro disturbo. Poi, ho un'intuizione: mi danno del tu. Adesso facciamo un bel discorsetto.

«Ssì, della carta da regalo.»

È tutto quello che pronuncio. Neanche il verbo mi esce dalla bocca... È l'agire che falla. Adesso guardo lui. Fa spallucce. La signora ha cambiato espressione. Ritorno su di lei. Sembra una partita di tennis. Nessuno parla. Si guardano, strani. Noto anche una scollatura generosa, esagerata. Gli sguardi di lui. Gli sguardi di lei. L'alternanza, ora su di me, ora no, ora sì, ora no. Credo di capire. Mi stanno usando come stimolante. Aspirano da me l'energia giusta per festeggiare il Natale senza accoltellarsi. Sto compiendo una buona azione, senza essere interpellato, forse ci sarà la mia immagine sbiadita tra i loro baci viscidi al sapore di abbacchio e panettone al cioccolato, bleah! Rimane quel tarlo acustico. C'è qualcosa che non funziona in quel tu sparato lì a bruciapelo senza indugi. Mi rifiuto di pensare che i miei geni siano programmati per ricevere pacche sulle spalle. Sputo lì un paio di fonemi indistinti: «Eoh... guh... mouah...».

Come mai delle persone che a 25 anni pensavano di essere sul punto di morire se non avevano già scelto chi sposare e non intravedevano la sicurezza economica giusta per cominciare a dare vita alla figliata cattocomunista possono trattarmi come uno studente liceale anche se ho superato da oltre 10 anni quell'età? I miei genitori, loro coetanei, mi hanno insegnato a dare del lei agli estranei. Agli adulti, mi correggo.

«Siamo rimasti un po' a secco, questa ti va bene?»

Ci risiamo. Mi preparo una replica ad hoc. Mi mette in mano una carta a fiorelloni orrenda, un kitsch da carta da parati per vecchie zitelle. Tutto come se i loro gusti fossero inevitabilmente anche i miei gusti.

«Non *ha* altro?»

Ha capito. Deve.

«No, te l'ho detto. È un po' tardi ora, ma questa andrà bene lo stesso, vedrai.»

Continua il fastidio.

Entra una balena azzurra, unico esemplare non protetto, sui sessantacinque/sessantasei anni. Si conoscono. Contemporaneamente salta fuori un rotolo vergine di carta da pacchi umana. Ecco, io volevo proprio una carta da pacchi così.

«Lei sì e io no?»

Non so se l'ho solo pensato. Mi guardano in tre. Poi borbottano qualcosa e so che si tratta della mancanza di rispetto dei giovani d'oggi (grazie del complimento davvero, ma le statistiche e le leggi fissano il tetto della categoria "giovani" a 26 anni. Per disperazione o per furbizia qualche sociologo ha spostato quella linea verso i 32, non lo sapete? Informatevi!). Ripasso mentalmente tutte le formule adatte alla situazione.

«...»

È... che non ricordo che cosa ho detto poi.

Esco dopo aver gettato una *molotov* alle mie spalle. Vengo fermato appena svolto l'angolo da due agenti in borghese, ma mi rilasciano subito. Hanno la mia età. Pare che assomigliassi a un trentenne «che ha riempito di tritolo la pancia di due baby-pensionati». C'è un'aria pesante. Odori intensi di brodi per tortellini a base di cappone si mescolano a zaffate di soffritti e bolle nere di gomma bruciata. Passo un altro incrocio e sento due sirene sfrecciare. Una è un'ambulanza, l'altro un camion dei pompieri. Una colonna di fumo si alza a fatica dall'interno di un negozio di scarpe. L'edicola di fronte è surriscaldata di luce. Ne esce un uomo-torcia. Riconosco dalle fiamme la sua età, sui sessanta anche lui. Lascia dietro di sé una vigilia infuocata. Torno a casa dopo avere inalato esalazioni di ogni sorta di gas combusto. Getto le scarpe e il rotolo di carta da regalo a fiorelloni che stenta a staccarsi dal palmo della mia mano quasi fossi l'uomo ragno alle sue prime armi.

La TV, tutta, ha interrotto i programmi: un uomo sui cinquantasette in uno studio di un telegiornale qualsiasi mostra un'agitazione esagerata. Dietro di lui le immagini di una guerra civile tra generazioni. Passa un respiro e la sua fronte si apre in due. Un gruppo di giovani adulti senza capelli bianchi occupa lo studio. Le trasmissioni vengono interrotte.

Mi viene una fame reattiva. Apro il frigo e sento suonare il campanello. Non ci sono. Per nessuno. Ora bussano animatamente. Nessuna voce. Forse dovrei sparire, non ho più voglia di pagare la previdenza sociale ai miei vecchi. Mi viene in mente un possibile motto: *Riprendersi il maltolto*! Fa il paio con, *Andate in pensione!* E con il più battagliero: *Stufi di sentir parlare dentiere con salme attorno!*

Prima mi farò un panino. Anzi, no. Un fiero pasto sacrificale. Sento la mia fronte appiattirsi, gli occhi ingrandirsi e diventare rotondi, scomparire il collo e la testa incassarsi tra le spalle… Mi inchino con le mani al petto in segno di saluto al mio frigorifero. Il totem metallizzato bombato in stile anni Cinquanta. Nel freezer, il fegato di un Barone della medicina. Un famoso chirurgo che si palleggiava spavaldamente tra pubblico e privato, squartando la massa senza denaro nel pubblico e trasudando arte del bisturi nel privato. Facile farlo a pezzi. David ha finto un caso urgente d'appendicite. Ho un nipote che diventerà un grande attore. In ospedale non hanno discusso. I risultati degli esami che ho presentato erano contraffatti ma inconfutabili. Lo avrebbero aperto alla cieca.

Gli intestini del barone hanno sfamato il mio Killer per una settimana. Scodinzolava come quando per la prima volta ho portato una donna in casa. In sala chirurgica gli assistenti avevano tutti la mia età, laureati, specializzati e parcheggiati, ci è voluto poco a richiamarli all'ordine naturale delle cose e coinvolgerli in quella che abbiamo chiamato, il normale turn-over delle generazioni. Oggi abbiamo dei chirurghi nuovi. Preparati e trentenni.

Sento che sta per suonare il campanello. Per il momento faccio il bilancio della prima giornata di lotta. No, non mi avranno. Riscaldo il fegato con un po' di cipolla e un goccio di vino rosso. Da qualche tempo sono passato alle credenze tribali. Ho un rito d'iniziazione da compiere prima di cambiare identità e fascia generazionale. Se funziona. Scalpitio nel pianerottolo. Confusione. Forse non sono sicuri sul da farsi. Nessuno è più al sicuro se ha superato i 65, anche se è poliziotto o agente segreto. Non vado a vedere allo spioncino, immagino la scena mentre il mio pasto umano sfrigola a fuoco lento.

Sento un agguato in corso. Una tecnica che si perde negli anni Settanta: scortare i propri compagni a casa, l'ultimo è il più sicuro e via a rotazione per non fornire indicazioni sui percorsi. Ho due anime gemelle che fanno la ronda. Barbara e Barbaro. Sento che stanno per assaltare i miei assalitori. L'odore di fegato alla veneziana si diffonde per l'appartamento. Potrei offrirla ai miei angeli custodi. So che il succo dell'organo interno ci infonderà quel giusto coraggio di cui carenziamo.

L'induzione. Ci vuole un sottofondo musicale, la luce appropriata. Devo applicare le regole base del rito. I rumori si attenuano. Sento un sibilo ripetuto tre volte. È il segnale. Altri baby-pensionati doppiolavoristi sono stati giustiziati. Ormai tutto procede secondo i miei ordini espliciti. Ho avviato il processo. È ora di servirmi il pasto. Leggo il motto ufficiale del Sindacato: «Dateci del Lei! Licenziatevi e fateci posto!».

Il fegato è una schifezza, non ricordo più chi abbia detto che la carne umana... rumori. Bussano. Tre volte. Non ricordo questo segnale. Ripasso mentalmente. No, nessuno aveva questa direttiva.

«Signor Keat, la posta!»

Stupido di un portiere, non poteva trovare un altro modo per incastrarmi? Butto tutto nella spazzatura. Lo stereo può rimanere acceso. Devono credere che sono andato via di corsa. Fatto non distante dalla verità. Di cosa ho bisogno? Un buon bicchiere di vino rosso. Buono è una scommessa persa, ho solo del vino da tavola, denominazione per un genere di prodotti di scarto, ma che nella maggior parte dei casi inganna il consumatore colpito dalla letteralità della definizione. Il portiere bussa di nuovo.

«Signor Keat, so che è in casa, ha problemi?»

Già, ma come lo sa?

Io non ho l'automobile, l'ho eliminata, sfasciacarrozzata, è la campagna per una città senza smog, per la riconquista delle strade. Una campagna da trentenni. So che alla prossima bussata seguirà una spallata e poi vedrò il volto tumefatto dal senso di colpa di quel misero verme del custode dell'abitato mentre agenti antisommossa irrompono nel mio appartamento da single.

E allora... Finestra. Cornicione. Via! Apro il parapendio. Direzione: il campo di calcetto del club di quartiere. Lì mi aspettano i miei fedelissimi. Prossima tappa... prossima tappa...

La prima a cui parlo della mia idea del sindacato è Marina, la mia amica. Mi ascolta con molta attenzione poi mi restituisce il suo feedback.

«Bell'idea! A che serve?»

Non è che non ha capito. Forse non rientra nelle sue priorità. Ma la vedo lavorare intellettualmente. Vedo che sta elaborando. Quindi la lascio stare. Mi ritiro. Qualcosa accadrà. C'è sempre un risultato nelle speculazioni concettuali di Marina e poi tra Marina e me, e poi tra me e me stesso e di ritorno tra noi due e il resto dei nostri amici e conoscenti. Tutto questo muoversi di formulazioni differenti non può lasciare il mondo così com'è. Le idee non sono inerti… non ricordo chi l'abbia detto, forse nessuno. È tempo che qualcuno lo dica allora. Intendo dire che è tempo che qualcuno diventi il creatore di questo aforisma:

«Le idee non sono inerti. Il mondo non resterà indifferente alla loro nascita».

Introductio intrudens

Vivo solo nella casa comprata con i soldi dei miei genitori. Non ho un lavoro fisso da quando ho capito che sarebbe stata una buona idea avere in tasca soldi miei. Da sempre. Non mi sono mai sentito inserito nel mondo del lavoro, perché in qualsiasi di questi mondi sia entrato, se ne esce facilmente con la velocità della luce senza lasciare traccia, curriculum o non curriculum.

Ho studiato sociologia. Ci ho messo tanto, anni di fuori-corso, perché nel frattempo ho cercato di vivere la mia vita. Viverla pienamente, mi dicevo. Questo ha significato che sono rimasto a lungo ad abitare dai miei, che nel frattempo si erano separati a modo loro, senza definizioni legali. Ho vissuto con loro fino ai 35 anni, età in cui tutti gli eventi in questione sono avvenuti e mi hanno messo in seria discussione. Quando mi sono laureato, la mia famiglia ha accolto la notizia come avessi gli otto anni di meno che avrei dovuto avere. Il tempo mentale non passa più. Tutti si augurano di essere solo vittime di una falsa percezione. Come nel caso dell'inflazione.

Ho lavorato nell'organizzazione di eventi culturali, nel

reparto Accoglienza, come traduttore di saggi e di brevi articoli per studenti, sottopagato e in nero, come giornalista-amico di politici in una piccola agenzia di videostampa locale per canali locali, come critico cinematografico *volontario* in una rivista on line il cui direttore alla domanda: «C'è un modo per far valere questi miei articoli come pubblicazioni per diventare pubblicista, sono anche disposto a pagare?» mi rispose: «Devi avere pazienza, non è facile, sei giovane. E poi sei migliorato molto in questi anni, non lo vedi?».

Ho lavorato anche nei centri di orientamento per turisti, i PIT, luoghi di scambio di favori per chi viene assunto, come aiuto-regista e fonico improvvisato in teatro, un mondo isolato e parassitario pieno di megalomani e di geni senza una lira; ho anche messo su un paio di attività notturne con amici-soci, pub o disco-bar, ma i sotterfugi delle attività commerciali adiacenti e le leggi fumose della burocrazia a consumo di funzionari in cerca di bustarelle ci hanno fatto ben presto capire che la gente senza appoggi o fuori dalla catena dei favori e dei ricatti incrociati è meglio che pensi alla salute piuttosto che a fare gli imprenditori.

Poi ho trovato la mia attività più redditizia che mi ha permesso di evitare il vincolo della scelta di un'attività lavorativa primaria: gli spot pubblicitari. Come attore. Io ho due caratteristiche perfette per questo lavoro. Sono fotogenico, e rimango anonimo. Ho fatto l'attore di decine di pubblicità e pochi, solo alcuni intimi, mi hanno riconosciuto in video, e soltanto in una minima parte delle mie apparizioni. Il cliente ti vuole bello per come lui intende la bellezza standard, quella giusta per il suo prodotto. Tu è meglio che non rimanga troppo facilmente nella memoria visiva del pubblico. Perché meno rimani più ne puoi fare, senza pericolo che qualche cliente dica: "Ma questo l'ho già visto, ha fatto decine di pubblicità! Voglio uno nuovo!" Io sono *sempre* nuovo. Sono soldi facili. Non ci sono da fare prove. Non sono richieste grandi capacità. Devi esserci. Punto. In un paio di giorni si può guadagnare il fabbisogno per due mesi o per un anno, se ti va bene. Cosa desiderare di più? Chiariamoci, non voglio fare l'attore. Non succederà mai. Ma recitare in uno spot è uno sport che si può permettere chiunque, tabaccaio o architetto che sia. E questo faccio da qualche anno.

L'effimero mi permette di continuare a coltivare il durevole e a essere libero. Libero dal vincolo dell'orario di lavoro. Dallo scippo della mia vita da parte di qualche azienda che deciderebbe quando posso mangiare, quando posso partire per vedere una mostra d'arte, una possibile amante, una spiaggia tropicale o un tempio indù, o quando posso fare l'alba senza dovermi poi per forza alzare la mattina. Deciderebbe se tenermi o licenziarmi. Deciderebbe se posso dormire tranquillo oppure no. Vivere alla giornata è il qui e ora. Se avessi voluto seguire i miei sogni, se avessi cercato di realizzare i miei desideri, oggi probabilmente starei alle calcagna di un vecchio lupo, gli porterei i caffè sentendomi ripetere mille volte al giorno che per me c'è tempo, e che non devo avere fretta. Non ho fretta, prima o poi quel vecchio lupo finirà sotto terra e con lui le sue frasi da bastardo.

Anni fa pensavo che questa esistenza fosse l'autostrada verso la felicità. Forse lo penso ancora. Ma l'insoddisfazione generale che sento attorno, i nostri discorsi un po' labirintici, l'incapacità di guardare in alto, verso valori superiori e questa focalizzazione soltanto su piccoli, inutili sogni precari dettati da mode stagionali, tutto questo mi ha fatto svegliare, un giorno, un anno, una vita fa, sembra, ma in effetti è poco, pochissimo tempo fa.

Tutto nasce come sempre per gioco. E dal gioco si trasforma nella guerra più seria mai combattuta. Ho voglia di uomini semplici. Piccoli artefici della propria esistenza, operai del vivere, che insegnano pratica umana e non mega-analisi per poche élite di potenti. Questo non è più il tempo di fare analisi onnicomprensive. È il tempo che ognuno prenda in mano la propria esistenza e faccia quel poco, quel minimo gesto che può dare significati che soltanto la moltiplicazione dei gesti e delle esistenze potrà mai svelare. Vivere è l'obiettivo. Vivere la vita. Ecco perché sento il bisogno di organizzare qualcosa a difesa di quella generazione che è cresciuta godendosela e prendendosela letteralmente in quel posto tra un cocktail e un altro. Abbiamo qualcosa da insegnare, però. Possiamo dire una volta per tutte che la vita è fuori dagli uffici, fuori dalle miniere, fuori dalle fabbriche dislocate delle multinazionali occidentali e, probabilmente, fuori dalla schiavitù dell'acquisto/accumulo di oggetti e gadget inutili.

La vita è vivere di quello che serve veramente. Gioia, condivisione, passione, ricerca. Ogni mezzo va bene. Purché si esca da questa prigione. La prigione delle parole al vento, del rituale della ripetizione senza coerenza. La confusione mentale, l'offuscamento dei reali obiettivi individuali è funzionale solo a chi ha già pronto il suo sandwich precotto per la conquista dell'Olimpo semplice, virtuoso e soprattutto costoso.

La mia vita continua così, immutata. Nessuna idea, anche se feconda e rivoluzionaria, può mutare il corso di una vita per quello che è stato e che sarà. Per la sua essenza intrinseca. Può però dargli un nuovo significato. Può cambiarne il senso e, anche se i fatti restano quello che sono, offrire la possibilità di guardare in avanti con improvviso ottimismo. Questa idea, quella che ho covato, è solo una, la mia, un piccolo contributo. Forse sarà più utile a qualcun altro. O forse qualcun altro ne troverà un'altra migliore. E chi mi chiederà di presentarla come fosse la panacea di tutti i mali, o uno slogan vincente di una campagna di promozione sociale (o un'arida follia) sappia che lui è parte di ciò che miro ad abbandonare, lui, che probabilmente ci darà sempre e comunque del TU, senza prenderci sul serio.

Perciò per prima cosa, introiettate questo concetto: DATECI DEL LEI!

E se un giorno infine si muovesse qualcosa?

Dopo le prime resistenze da scettica materialista razionale di prima specie qual è, Marina accetta di ascoltare la mia proposta di convocare tutti gli amici e conoscenti fidati per avviare le consultazioni per la fondazione del sindacato.

«Niente coppiette sposate con figli, zii e nonne, carrieristi, top manager pentiti, vip col senso di colpa tipo: Hoavutotantodallavitaoramisentoprontoadare, non voglio vedere amanti del culturismo o dei balli di gruppo con animatore, seguaci del *trademark* e degli accessori multistrato, eliminate tutte le professioni che sai senza deroghe, figli di papà che fanno gli alternativi-confusi per moda, falsi intellettuali che non sanno la differenza tra intonso e pesante… altrimenti ti lascio da solo.» Un insegnante di Marina al liceo in una prova del teatro scolastico diede questa indicazione sul movimento del protagonista all'entrata in scena: «Entra leggendo un po' curvo su se stesso, perché il libro è intonso». Da allora la distinzione o meno tra i termini è per lei lo spartiacque tra i finti intellettuali e il resto del mondo.

«Mari?»

«Eh…»

«Non ne conosciamo neanche uno di questi tipi.»

«Vero, ma quando vuoi fare una cosa seria, spuntano sempre come funghi e non si sa mai chi l'abbia invitati!»

Conosco Marina da sempre. La nostra amicizia è priva di ogni regola fissa. Siamo amici e questo basta. Non siamo obbligati a vederci o sentirci ogni giorno. Non dobbiamo per forza chiederci consiglio su eventuali storie o su scelte di vita. Non esistono doveri fissi. L'unica regola è essere amici, potersi dire tutto, non avere tabù, condividere valori e idee sul mondo, esserci quando serve. Questo è implicito. La precondizione per frequentarci. La libertà d'animo, di pensiero e l'indipendenza sono i nostri valori assoluti. Essere presenti, però, non coincide con appiccicarsi.

Il lavoro di Marina non è importante. Quando parlo di lei non mi piace vederla identificare con una professione. È troppo condizionante. Limitante. Alla domanda: «Che lavoro fa?» rispondo sempre: «Che ti cambia?».

Bisogna farla finita di lasciarsi condizionare da questi fattori esterni alle persone. Ci sono neolaureati in Ingegneria provenienti da paesi in via di sviluppo o quasi, che vendono statuine di legno esotico a Ponte Sisto. Chi sono, cosa sognano, che idee hanno, dove vogliono andare, come si sentono mentre gettano a mare anni di studi doppiamente difficili rispetto ai nostri atenei da medioborghesi? Queste sono alcune delle domande che mi vorrei porre. Quindi, niente definizione professionale. Anche se capisco l'enorme incessante caccia al tipo o alla tipa di classe A che ha contagiato il mondo circostante. Essere contigui con chi reputiamo sulla vetta ci fa sentire meno il peso della nostra condizione.

Marina vive sola. Ha le sue storie, meglio se serie e durature. Ha arredato il suo appartamento come fosse un'infinita collezione di oggetti che incarnano le emozioni più importanti della sua esistenza. Ogni elemento ha una storia. Niente è casuale, anche se l'effetto è per certi versi destrutturante. Il suo stile è un mélange di esperienze. Passare una sera da lei è come immergersi nella *Storia del Mondo Contemporaneo* Cambridge. La sua vita è piena di significati importanti. Si sente che le sue letture, le esperienze, i concerti, i film, le mostre, gli oggetti d'arte, i viaggi, la cucina esotica, gli sprazzi di nozioni religiose o di cultura orientale o tribale, le ricerche, gli amori, tutto questo va a occupare un luogo determinato nella sua mente, nel suo archivio personale e non smette di palpitare e di trasmettere la sua energia vitale. Inoltre, Marina ha un filtro naturale. Non l'ho mai vista frequentare persone insignificanti o banali, non mi ha mai presentato amiche "superaccessoriate", di quelle che portano con sé tutto il kit di imitazione della star del momento. Questo la rende unica e piuttosto selettiva, ma il calore con cui accoglie chi entra nel suo mondo superando la barriera corallina è a oggi quasi ineguagliato. Si direbbe che tutto il male che ci spingono a fare a noi stessi e alle persone con cui abbiamo a che fare, scialacquando denaro e imitando modelli alieni e demenziali, non la tange minimamente. Sono messaggi che non le arrivano. Non pervenuti. La invidio. Io mi sento continuamente martellare dall'eco di equazioni di vita vincenti o da soluzioni di problemi presentate in magiche scatole regalo con in omaggio qualche mese o giorno o minuto di vita in più.

Io e lei formiamo un duo perfetto. La perfezione è proprio nella dimensione saltuaria, solo apparentemente casuale, anche snob, del nostro incontrarci e del nostro separarci. Lei, come me, detesta i gruppi, le masse, se non tra affini. Gli enormi club di carne umana che si incontrano regolarmente senza interessi in comune, se non identificarsi in un gruppo, sono la negazione della sua personalità. Su questo punto, la nostra solitudine per scelta è totalmente coincidente.

Marina, insomma, è la giusta partner per avviare il progetto.

Ci vediamo da lei. Le spiego la cosa sinteticamente.

«Va bene. Diciamo che ti seguo. Convincimi che ho bisogno di un sindacato, dai», mentre lo dice tira fuori dal freezer un enorme contenitore di gelato. Solo pistacchio. Se lo spalma su un cono sfuso e poi si mette a sedere pronta per me.

Tiro fuori il mio materiale.

La prima cosa che le faccio notare è qualcosa che mi sono andato a cercare per pura curiosità.

«Sai che se si prende in mano un atlante geografico e si individuano i punti cardinali che hanno come coordinate 30 gradi sia nell'asse X delle latitudini che nell'asse Y delle longitudini, dei quattro punti individuati, due su quattro sono sull'oceano? Il 50% dei nostri atti è un buco nell'acqua. Sembra questo il nostro destino. Una metafora?»

Ma non ho finito. Questa è pura provocazione intellettuale. Continuo:

«Ascolta: "È una donna, fra i 30 e i 33 anni, sposata o comunque con una relazione stabile, la nuova vittima inconsapevole dell'AIDS"».

«Devo preoccuparmi?» mi fa smettendo di leccare il suo enorme gelato.

«Aspetta, non è finita... "Nel 40% dei casi, a trasmetterle un'infezione è una persona che un tempo veniva definita *al di sopra dei sospetti*: il marito, il fidanzato o il compagno".»

Marina riprende il suo viaggio d'esplorazione del pistacchio e, mentre raccoglie con la punta della lingua una lunga goccia zuccherosa color verdognolo, mi fa:

«Poi ti stupisci perché chi sperimenta una storia lesbo non torna quasi mai indietro!».

«Il finale è in crescendo.»

«Sta per esplodere la bomba?»

«Dev'essere già esplosa da tempo, ma non ce ne siamo accorti.»

«Vai!»

«... "Nella stragrande maggioranza dei casi (62,6%) i nuovi sieropositivi dalla *faccia pulita* sono 35enni diplomati, laureati, con un buon impiego e conto in banca".»

Di solito riusciamo a ironizzare su tutto, siamo abituati, riusciamo a metterci ad una distanza di sicurezza da qualsiasi tragedia, anche se ci riguarda personalmente. Siamo fatti così, tutto quello che ci tocca diventa oggetto di studio e di ironia. Oggi no, non mi sembra.

Rompe lei il silenzio.

«Puoi stare tranquillo, allora. Sei sano.»

«?»

«Tu in banca non hai una lira!»

Mi rituffo nei documenti e nei file che ho scaricato via eMule. Non ci metto molto a trovare un altro contributo al mio progetto. Lo leggo di punto in bianco senza neanche chiedere la sua attenzione.

«"Una ricerca tedesca rivela che le donne sole fra i 30 e i 40 anni sono le più a rischio di amori ossessivi, vere e proprie *attrazioni fatali*, che, nella sola Germania, colpiscono 10.000 persone, come riferisce la rivista tedesca *Ärzte Zeitung*. Si tratta, in realtà, di un disturbo psicologico noto col nome di *erotomania*."»

Alzo la testa teatralmente e la vedo intenta a finire un piccolo lavoro di patching con vignette più o meno in tema.

«Mari, qui dice che sei un'erotomane.»

«Essere donne oggi è difficilissimo, signora mia! Ricapitoliamo: se ti fidanzi lui t'attacca l'AIDS magari perché non usa il preservativo con i trans o con i suoi amanti uomini. Se invece decidi di startene da sola, qualcuno ti addita pure come minaccia per l'incolumità del maschio, che oltre a scoparti vorrebbe anche che sparissi con uno schiocco di dita!»

«Essere americani è anche più difficile. Se perdi una statistica perché un giorno hai scelto di farti gli affari tuoi, magari restando un po' più a lungo del solito al cesso, sei fuori dai giochi. Esci di casa e ti trovi immerso in un mondo alieno che parla un linguaggio incomprensibile, già adattato ai nuovi trend che tu ignori. Senti questa: "Alle spalle dei *baby boomers* è passata del tutto inosservata, considerata poco più che un incidente di percorso, la *tredicesima* generazione americana (secondo un sistema convenzionale di contare le generazioni): quella dei giovani nati fra il 1961 e il 1981, che pure oggi costituiscono il segmento più grande della popolazione (sono ottanta milioni). Sono stati ironicamente battezzati *baby busters*, sottintendendo più di un semplice antagonismo demografico. I baby busters stanno crescendo in un mondo che è ossessionato a livelli di paranoia collettiva da valori come: la pace, l'ambientalismo, il ritorno ai valori tradizionali, la spiritualità, l'ottimismo…"»

«Parlano proprio di noi», esclama Marina sbigottita.

«Eh sì, e ci definiscono anche "giovani". Invece non sanno che i veri giovani di oggi si chiamano *generazione* DIY, vale a dire: *do it yourself*. Fai-da-te. La vita come il bricolage. In sintesi, scordati di ricevere un aiuto da chicchessia. Ma lo sanno i ventenni cosa *sono*? Pensa che tragedia *essere qualcosa* senza saperlo! O anche *non essere qualcosa* che credi di essere perché ne hai letto e ti ci sei identificato… È una schiavitù per la quale qualcuno un giorno pagherà un prezzo salato. Hai trovato qualcos'altro di interessante?»

«Non le tue arringhe.»

Marina non ama molto le mie allusioni pseudo-politiche che partono da un argomento qualsiasi. Mi domando che cosa sia la politica allora se non tutto quello che ci riguarda. Non credo che si debba essere per forza militanti di un partito o di un non-partito per capire che le cose vanno come vanno non per una predestinazione divina. C'è lo zampino dell'uomo. Di alcuni uomini. Sempre gli stessi. O dello stesso genere. Quelli che perpetuano lo *status quo fagocitandi*. Bisogna cambiare le leggi. E gli uomini.

Mi alzo e vado all'armadio.

«Posso?»

«Meditazione o *stoning*?» mi fa lei, cercando di leccarsi via l'appiccicaticcio dalle dita come un gatto.

«Onanismo.»

«Ok.»

Apro l'anta lunga e ne tiro fuori il narghilè. Riempio il fornelletto di un tabacco aromatizzato alla fragola comprato in Marocco. Poi continuo senza neanche prendere fiato:

«"Per trovare il primo posto di lavoro, dopo i 30 anni un uomo con la licenza media inferiore ci mette circa 73 mesi (61 le donne), mentre con la maturità l'attesa si riduce a 69 mesi (59 le donne). Con la laurea dopo i 30 anni si aspettano in media oltre tre anni (40 mesi gli uomini, 42 le donne) mentre oltre i 40 anni le attese medie raggiungono i sei anni (68 mesi gli uomini, 70 le donne)"».

Poi affondo:

«"È anche la famiglia italiana la causa delle difficoltà degli ultratrentenni a trovare un posto di lavoro: lo sostiene il sociologo Ics Ypsilon secondo il quale la permanenza in casa *coccolati* e mantenuti dai genitori non aiuta i giovani a trovare un'occupazione in tempi brevi"».

La vedo un po' preoccupata. È arrivato il momento di metterla spalle al muro:

«"La Suprema Corte di Cassazione ha deciso che finché un figlio trentenne non trova il lavoro che gli piace, papà e mamma sono obbligati a mantenerlo, sempre che ne abbiano la possibilità economica... E inoltre... qualsiasi criterio per la definizione del limite d'età alla quale un genitore non è più responsabile del mantenimento dei propri figli è crollato: se un figlio vive con i suoi genitori fino a età tarda o torna a vivere da loro dopo un periodo fallimentare di autonomia, avrà diritto a essere mantenuto e non soltanto aiutato. Questo varrà fino a quando non potrà permettersi di mantenersi in modo dignitoso ed equivalente allo standard di vita della sua famiglia d'origine. Lo ha stabilito"».

«Va bene, va bene, va bene, basta, basta! Mi arrendo. È assurdo! Inconcepibile! La dipendenza legalizzata, anzi imposta per legge! Ti aiuto. Mi hai convinta. Non so a che cacchio servirà questo sindacato, certo non a smammonizzare i figli o a detronizzare i padri e le madri. Ma ci sto. Ora sono cazzi tuoi, perché io non faccio mai niente in modo passivo.»

Lo sapevo. L'ho tirata dentro. Adesso possiamo partire.

Decidiamo che ognuno farà la sua selezione personale. Faremo a fidarsi. Convocazione una settimana a partire da oggi. Contiamo di avere per lo meno una trentina di agguerriti combattenti pronti a tutto per la causa del trentenne ignoto.

A cosa serve un sindacato dei trentenni?

La domanda di Marina entra in risonanza con il mio grande punto interrogativo interiore. Non sono affatto sicuro che ci sia una soluzione ai problemi, una grande, unica e univoca soluzione soddisfacente. Meno che mai un grande solutore. Forse il sindacato non è uno strumento di risoluzione, quanto piuttosto un *oggetto contundente*. Un mezzo per colpire cercando di fare male. Solo il dolore può rendere giustizia di un'amnesia che sta diventando una colpa morale. Mortale. Fissiamo la data per la prima riunione allargata.

Ci ritroviamo un paio d'ore prima dell'ora X in un ex-magazzino che oggi una pittrice nippo-svizzera ha trasformato nel loft che guida il trend degli artisti e dei designer della capitale. Un trend derivato come sempre da fuori. Roma è una spugna, del resto. Entriamo e troviamo che tutto è come dev'essere.

«Ci ha pensato Mayumi?» domando.

«Sono venuta io stamattina.»

Ormai Marina è coinvolta come e più di me, si è immersa pienamente in questo progetto e sente il bisogno di prepararsi per bene il discorso introduttivo. Lascio a lei quest'incombenza, lascio a lei tutto quello che si vuole prendere e caricare sulle spalle.

«Allora intesi, la prima cosa è il mio filmato. Nessuna introduzione, nessuna parola. Un silenzio rotto dalla proiezione.»

Ha fatto le cose in grande, dice. Ha girato per la città in cerca di spunti con una telecamera, una *centosettanta*, di quelle che hanno trasformato un aspirante sognatore frustrato in un documentarista professionista squattrinato. Quello che mi fa vedere però è un pasticciaccio di tasselli senza una consecutio. Individui. Persone. Passeggiate. Monumenti. Autobus. Vetrine colorate. Buste della spesa ricolme. Una fermata dell'autobus sulla quale qualcuno ha scritto con uno spray nero: *Il tempo è scaduto: scopate!*, un'ambulanza che sfreccia nel traffico con una sirena assordante che satura il microfono della videocamera, anziani, vecchi, pensionati che fanno la fila alla posta...

«Che cos'è questa roba? Un video finanziato dal gruppo cineforum dei DS per la Festa de l'Unità?»

«È un documentario-stimolo.»

«Mari, queste sono immagini messe così alla rinfusa!»

Non c'è storia, non c'è nulla... In quel momento, però, viene inquadrato un ragazzo della mia età, e una voce femminile gli fa una domanda: «Dove stai andando?». Lui risponde sorridendo: «Non lo so, non l'ho mai saputo!». «Ti pesa?» «No, anzi, forse, non lo so. Non me lo sono mai chiesto!» «Grazie!» Il ragazzo se ne va. Una donna sui quaranta meno un paio di settimane: «Dove vai?» «A farmi i cazzi miei!» «E in che consistono *i cazzi tuoi*?» «Aperitivo, cena, dopocena, scopata. Contenta?» «Organizzazione perfetta» «Non c'è più tempo per la vita *casual*, carina. Ciao!». La stessa voce femminile commenta tetra: «Nessuno può mantenere in tasca una bussola per così tanto tempo, nessuna ricerca può diventare infinita senza avere delle tappe intermedie». Un altro personaggio attira l'attenzione dell'intervistatrice. Un altro *trentaqualcosa* fermato nel suo *chissà dove sto andando*: «Scusa... Dove vai?». «Vado a una festa.» «Sono le due del pomeriggio...» «È vero, ma questa è la festa conclusiva. La festa delle feste. Ci dobbiamo preparare bene perché dopo questa festa, non ce ne saranno più, ogni festa diventerà inutile. Ciao, eh…» Il tipo se ne va. Poi seguono altri tipi e altre tipe a cui la voce femminile dal tono piuttosto depresso fa sempre la stessa domanda: «Dove vai?» dando del tu a tutti in una forma di comunione dal sapore amaro. Lo pseudo-documentario termina con una sequenza in una festa, e non si capisce se è la stessa di cui ha parlato il semi-guru stonato di prima.

Non mi piace, ma ha un che di inutile che può servire a introdurre l'argomento che ci interessa: non succede nulla. Non commento. Marina ha ingranato la marcia giusta per andare per conto suo. Ora si aspetta l'arrivo degli altri congiurati/fondatori.

Dopo un paio d'ore qualcuno fa capolino.

«È qui la… ehm, riunione?»

«Sìì?!» urliamo in coro.

«Ah, ma non c'è nessuno?» fa lui deluso. È un tipino rachitico e spento. Ha degli occhialini con l'attaccatura della stanghetta sinistra incollata con uno scotch color crema sulla montatura marrone chiaro, con delle lenti certamente non omologate e un'espressione che nasconde nozionismo ingegneristico o cibernetico. Ho paura che sia uno di quelli che frequentano le chat per diventare *owner* e poi aspettare nell'ombra, individuare chi ha successo con le donne e *bannarlo*. Ho il terrore che la mia idea possa essere presa per l'ennesima iniziativa di un frustrato. Guardo Marina e lei me. Entrambi ci chiediamo chi l'abbia invitato. Un imbucato?

«Stiamo aspettando. Se ti vuoi accomodare, intanto...», gli fa Marina col suo tono più professionale. Quello che fa sempre fuggire i suoi pretendenti. Il tipo guarda l'orologio nascosto da un polsino liso di una camicia in uno stile semipiccolo borghese che probabilmente non viene più indossato dai tempi della fine della guerra in Vietnam se non nei centri Caritas, dai volontari delle mense.

«Mi vado a prendere una cosa al bar, allora.»

«Abbiamo un frigo, che vuoi?» fa entusiasta Marina. Ma il tipo è già andato via. «Ehi!» Sembra dispiaciuta, di spalle. Quando si gira e mi guarda, al contrario, traspira sollievo. J.C. Lavater sarebbe stato orgoglioso delle nostre reazioni. Cerco di scrollarmi di dosso il mio razzismo fisiognomico, e mi rigetto nell'attesa. Passa poco tempo prima che ci stufiamo.

«Ok, primo tentativo fallito. Abbiamo fatto l'esperienza. Una buona dose di realtà fa sempre bene. Cerchiamo di imparare dai nostri errori, per trasformare la sconfitta in forza per andare avanti. Probabilmente abbiamo soltanto bisogno di tarare i nostri obiettivi e mirare un po' più in basso. Ho dimenticato qualche luogo comune?» mi domanda d'un fiato Marina.

«Sì, c'è sempre chi sta peggio di chi sta male.»

«Tipo lo sfigato che è fuggito via? Mi sa che pensa di noi quello che noi pensiamo di lui.»

Arriva una telefonata. Marina risponde. È un suo nuovo pretendente, dice. Uno nuovo. Probabilmente è già il suo *ufficiale* ma non vuole precorrere i tempi. Fugge via salutandomi velocemente.

«Mi faccio sentire io!» Che tradotto dal Marinese vuol dire: «Io ho cercato di aiutarti, ora ho le mie priorità. Time out».

«Ehi!» urlo d'istinto, stordito. «Hai dimenticato la videocassetta!» La voce mi si spegne, ingabbiata nella glottide.

Solo. L'unica ragione che mi spinge a muovermi da questo loft-gabbia è il possibile ma improbabile ritorno dello sfigato. Mi guidano la rabbia e la frustrazione. L'annebbiamento ibrido della vista. Una confusione. Una mescolanza di effetti e di bizzarrie. Vorrei fare qualcosa. Idee e pensieri si sovrappongono e si legano, formando un groviglio inesprimibile. Vado via. Non so dove. Via. Sono al punto di partenza. Niente mete. Solo un vagare spaesato.

Tutto è costruito con una sabbia riarsa dal sole, pulviscolo spazzato via da un vento pur flebile e incerto, fastidiosi granelli finissimi che si moltiplicano infingardi infilandosi tra le palpebre e scavando solchi infetti sulla cornea. La realtà si manifesta in tutto il suo disequilibrio, è nociva, vomitevole. È disgustosa. Si insinua impietosa in ogni parvenza di vuoto corporeo, in ogni cavità articolare, nelle pieghe o nelle scissure dei lobi cerebrali.

Cosa ce ne facciamo della realtà quando noi stessi, le nostre menti, i nostri progetti sono già molto, troppo segnati dalla negatività?

Essere solo non è la parte peggiore di questa doccia fredda che mi ha richiuso i pori all'istante. Essere stato lasciato solo. Abbandonato. Questo è il lato peggiore. Il tradimento. Chi era che diceva: «Può tradire soltanto chi amiamo profondamente»? Chi ci è più vicino, i nostri affetti, gli alleati, loro sono gli unici che possono tradirci. Il tradimento è un atto legato alla contiguità affettiva. Tradimento = fedeltà. Può tradire solo chi suscita in noi aspettative di rispettosa fedeltà.

Non è però colpa di Marina. È la realtà che ci segue

come una piattola assetata del nostro sangue, aspettando il momento giusto per attecchire e prolificare nel modo più deleterio. Il peggiore per noi, comunque. La realtà è una piccola, insulsa, quasi invisibile piattola maleodorante che trova il caso assurdamente schierato dalla sua parte e che diventa protagonista di una insanabile tragedia per il suo ospite.

La rabbia mi scalda i lobi delle orecchie. Sento pulsare il sangue inacidito ai lati del volto, in un punto impreciso tra la nuca e la mandibola. Sento il mutamento in atto e quello già realizzato.

Ma non si è trasformata solo in rabbia quell'idea potenzialmente rivoluzionaria. Provo anche delusione, smarrimento, un'acuta perdita di senso, l'istintivo bisogno di spegnere tutto con una prestazione sessuale fulminante, quasi priva di corporeità.

L'istinto, la biologia, il *basic* dell'esser-ci umano non sono le variabili con le quali il tutto può essere ricondotto all'uno, quanto piuttosto il mezzo, lo strumento ultimo a cui, dissennatamente, mira ogni essere umano quando la sua ragione e la logica con la quale costruisce i migliori progetti razionali sono stati *bypassati* dall'ineffabile, l'imprevedibile, l'incorporeo che in circostanze fortunate è solo perturbante.

Quando la ragione ha finito le sue giustificazioni e perde, anche solo per un breve istante, il filo del suo dissertare sui *perché* e sui *come* di ciò che riesce a cogliere della realtà allora si affaccia la natura più arcaica, il fegato, la cistifellea, il sistema simpatico, l'ipofisi o le ghiandole surrenali a fornire una risposta automatica, valida universalmente. Sono questi i momenti in cui natura e cultura smettono di confrontarsi o di scontrarsi, coesistendo con identità d'intenti, totalmente coincidenti.

La mia biologia sta per avere la meglio. So cosa significa. Significa feste, alcool, ricerca di corpi o di brandelli di corpi, macelleria umanoide. Significa mandare a quel paese ogni dignità, ogni conquista adulta e lanciarsi nel mondo dell'indistinto che è molto, estremamente più attraente. Significa liquefarsi sperando in un incontro qualsiasi, una risoluzione pronta per l'uso, almeno per quella sera, notte, ora... significa dimenticare.

Chiamo B., *figomane* doc da ottanta/cento scopate l'anno.

«Sì, c'è una festa proprio...», fa deciso, ma lo interrompo. Cerco di esprimermi nel suo linguaggio.

«No, scusa, sono fuori dal campionato da un po'... ho bisogno dell'abc, di un corso accelerato, la festa facile... la serie Z, hai capito? Trattami come il Napoli del fallimento!»

Rimane un po' basito.

«Mah... ok. Ne ho una che fa per te. È come un allenamento... sai quando t'infortuni e stai fuori dai campi da gioco per un po'...», dice alludendo al fidanzamento. «È la promozione. Infatti è al Barcone.»

Lo ringrazio, segno l'indirizzo e attacco veloce.

Vado. Solo. La prima volta. Ho bisogno di uscire dai miei soliti schemi mentali. Spiazzarmi. Ho bisogno di tradirmi anch'io, visto che va di moda. Devo punirmi, contrastarmi, farmi male, o bene, a seconda del grado di masochismo che riesco a sviluppare. Voglio ridurmi all'irriconoscibile. E so che ci riuscirò anche stavolta.

Poco prima di arrivare qualcosa mi suona stranamente familiare... Mi arriva un sms ritardato che scioglie ogni incognita. Il caso s'insinua nei miei dubbi. Un invito al compleanno di Zoe, una mia amica, per la festa dei suoi 30 anni, proprio là, sul Barcone. Anche lei nel clubbone! Siamo sempre di più, soprattutto per l'invalsa abitudine di tutti quelli che passano di là, di restarci ancorati a vita. Dell'amica in effetti non ha molto. Abbiamo lavorato fianco a fianco per un mesetto in una manifestazione artistica, le ho dato anche qualche passaggio a casa in motorino. Ho avuto anche pensieri orizzontali su di lei. Ma questo succede per la quasi totalità del genere femminile. Il Barcone sul fiume. Il solito mammozzone di un'associazione che viene regolarmente affittata per fare feste. Capito sempre là alla fine dei giochi. Gli ambienti sono sempre gli stessi. Non dovremmo stupirci se vediamo sempre le stesse facce in una città di 3 milioni di abitanti.

Sono incazzato con tutti. Non succede nulla e non sembra dover succedere altro che il fluire di niente che si alterna a vuoto e noia. Ogni tentativo di costruire qualcosa frana inevitabilmente. Non c'è tempo, o non c'è cuore; tutto finisce dove inizia la preoccupazione di essere qualcosa di futile e facile da indossare e riporre in un cassetto. Marina tornerà ma sarà troppo tardi. Oppure no. Ora però devo scaricare l'energia superflua. Vado alla festa per questo. Per spaccarmi in mille pezzi. Vado per scontrarmi con esseri ingombranti e voluminosi.

Come entro, mi fiondo al freebar. Mi viene incontro una mia conoscente Casting Director mentre sto annegando in un Rum e Coca d'approccio. La guardo e le mostro il bicchiere stracolmo.

«Sono furibondo. Questo è per assestarmi un bel colpo. Il secondo per la chiacchiera.»

Lei si gira e se ne va. Torna quando sono già al terzo.

«Dimenticato?»

C'è qualcosa che mi infastidisce in lei.

«Non devo dimenticare, ma lenire.»

Se ne va di nuovo. Torna, e il mio quarto Cuba Libre è stato appena versato sul pavimento da un tipo in condizioni peggiori di quelle in cui io sarò tra un paio d'ore.

«Ho salutato un amico. Ti sei lenito?»

La guardo esterrefatto. È veramente irritante. Chissà perché.

«Che cosa?»

«Che cosa, che cosa?»

«Sai, non sono sicuro che la forma che hai usato sia corretta...»

Si guarda in giro distratta.

«Certo che è corretta, sei già partito?»

Guardo sul tavolo del bar. Nessun coltello. Strozzarla? Affogarla nel mio Cuba Libre? Non capisco perché m'infastidisca così. D'un tratto tutto è più chiaro. È ingrassata. Male. Ha dei rotoli sui fianchi in cui sono incappato con le mie mani quando l'ho salutata che sembrano entità a se stanti, blob che fagocitano bellezza e anche intelligenza. Flaccidi. Tripli. La detesto perché anche lei era entrata nelle mie fantasie erotiche. Le sue labbra e il suo seno proporzionato mi avevano stimolato più di una visione. Ma ora... è come uno sformato di formaggio imploso. Quando mi aumenta il tasso alcolico odio tutto ciò che è antiestetico.

«Con chi sei?» mi domanda.

Fingo.

«Mah, ero con la mia ragazza, ma è sparita con un... un'amica, dicono che devono parlare di cose tra femmine... Mi sa che stasera si ritorna single.»

«Soffri molto?»

La guardo. Ha ancora le tracce di quel seno che sembrava rivolto verso lo zenit, ma il suo cervello dev'essersi riempito di segatura o di grassi saturi e deve aver ordinato anche alle sue mammelle di gettarsi giù per terra, arrendendosi alla forza di gravità. Odio le donne che tradiscono le loro qualità fisiche, invece di migliorarle. E che non mi vengano a parlare di anni che passano, è una scusa vecchia!

«No, è una storia mai cominciata...», per un secondo faccio lo spiritoso, «... Come la nostra...»

«La nostra? No, carino, quello dipende solo da te, lo sai che mi piaci, non te l'ho mai nascosto.»

Cazzo che imbarazzo. Me ne sto a bere tutti i Cuba Libre del mondo con una ex passabile con i rotoli ai fianchi e mi devo sentire svilire in un attimo tutte le mie antiche fantasie sessuali di pompini e sodomia.

La festa si è animata. Devo essere qui al bar da almeno un'ora.

«Balli?» mi fa sorridendo. Si vede che liberarsi le ha dato una nuova speranza in cui riporre le aspettative per questa sera e per quelle successive.

«Non ora. Mi faccio un giro e quando torno sono tutto per te.»

«Ok, come vuoi.»

Il giro lo farei veramente se non fosse che le ginocchia già mi tremano. Giro lo stesso. Barcollo vistosamente. Volti noti. Saluti. Dico le prime idiozie che mi vengono in mente. È così che m'immaginano. Non voglio deluderli. Conosco tutti. Proprio tutti. Non ci sono proprio più estranei in questa città?

Esco. Sconosciuti! Si sono appartati, ecco dov'erano. Vedo poca carne interessante. Il mio sguardo mi fa inquadrare ogni tanto di sbieco qualche ritaglio corporale. Vedo solo frammenti appannati... Perdo conoscenza, ma non prima di accorgermi che un fiume in piena mi sgorga dall'esofago in direzione inversa a quella per cui l'organo... Mi ritrovo in un bagno faccia a faccia con una tazza di dimensioni minuscole.

«Hey, ma ci cagano i sette nani qui?»

Risata generale. Sono ancora in forma. Il successo della battuta mi restituisce la carica.

«Dov'è Zoe? Voglio ballare con lei!»

«In queste condizioni? Dovresti prenderti un paio di caffè e farti accompagnare a casa», mi fa il qualcuno che mi ha salvato.

Come detesto i perbenisti. Sono sempre dappertutto, sono sempre alle spalle di chi "compie azioni riprovevoli". Sono sempre presenti nel momento in cui tu vomiti salatini a vomitare sentenze.

«Ognuno vomita quello che ha dentro!» È la mia voce. Gli passo accanto e mi pulisco la mano destra sulla sua spalla. Si irrigidisce. «Grazie», gli faccio sincero, senza riuscire a guardarlo bene in faccia.

«Non ringraziare me, ma...»

«Dio?»

«Il Signore non aiuta chi non si aiuta.»

Un ciellino! Ne esistono ancora? Se sì, ancora frequentano luoghi senza il marchio di garanzia di cielle? Già, ma poi chi mi dice che Zoe non sia anche lei... si spiegherebbero molte cose. Forse vanno nelle feste per salvare anime deboli, forse vogliono una missione da portare a termine, vogliono dare un senso a tutto quello che senso non ne ha. Forse sono stati incaricati da qualche amico morto di cancro e poi apparsogli come un'esplosione magnetica in cielo di cambiare rotta e infilarsi tra le pieghe del pianeta Terra per cambiarlo e svegliarlo... ci fosse Marina capirebbe perché abbiamo bisogno di quella cosa... quel progetto che ora non riesco neppure a pronunciare.

Ho imparato due cose negli ultimi dieci minuti. Primo: per smaltire una sbornia in pochi secondi, basta essere a portata di mano di uno di CL. Puf! Sparita. Di conseguenza ho anche imparato che un nemico può essere utile in casi d'eccesso. La gestione delle crisi avviene con l'aiuto dei nemici di un tempo, gli USA lo sanno bene. Nessuno è mai un nemico per petizione di principio. Secondo: mai bere un Cuba Libre senza fettina di limone. Perché? Ubriacatevi come ho fatto io e vomitate come ho vomitato io. Una bella fettina di limone ci sarebbe stata da dio adesso.

Rientro in possesso di me stesso. Per questo vedo corpi femminili. Il groviglio si è intensificato. Nella pista da ballo un carnaio che si muove a stento. Tento di arrivare al mio nido. Tutti si fanno un nido nelle feste. Il mio è il freebar. A rallentatore, schivando sorrisi, urla, pigolii di ex-adolescenti in calore, gocce di sudore lanciate in aria da piroette fuori tempo, girando a zig zag quasi al ritmo di una samba, mi ritrovo davanti al mio rifugio… è là che la incontro.

È lei. È lei? Sì, ne sono certo. È la mia donna ideale. In carne e ossa. *Flesh and bones*. In piedi, davanti al bancone del mio nido. Ostruisce il mio passaggio, l'unico accesso al mio *party-shelter*. Accanto a me. Vicino al suo sognatore. Ignara. Inconsapevole. Di spalle, voltata di schiena al suo idolatra. Sento la grandiosità del momento. "È vero, accade, esiste l'incontro fatale, il senso di pienezza e di vertigine", penso estasiato. "Devo rivedere tutte le mie categorie mentali, i miei schemi, ammorbidirli, sono troppo severo… troppo rigido." Lei si gira e il suo sguardo passa sopra di me come in una panoramica attorno al locale. Mora, alta, viridoculata, slanciata, dalla lunga chioma lucente, gli occhi profondi e intensi, con movenze quasi a ralenti, una bolla di suono armonioso l'avvolge protettiva. La mia immaginazione se ne va per la tangente. Schizza via lontano come un ratto spaziale. S'inabissa nelle tenebre dell'universo non visibile. Orbita a distanza siderale attorno a lei. Vedo la mia immagine impressa nelle sue retine. Coprire ogni altra percezione oculare. Indelebile sembianza tatuata virtualmente sul suo campo visivo… vedo l'immenso stupore di tutti i miei potenziali adepti, i seguaci, privati della delusione superna. "Sì, ragazzi, si torna a casa, via! chiudiamo baracca e burattini, abbiamo sbagliato tutto. L'amore perfetto, la soluzione, il colpo di fulmine improvviso, quell'ideale capace di salvare le nostre anime e cancellare tutti i problemi del mondo, esiste. Poche storie, fare i bagagli. Chiudere!"

La prendo per mano e la porto fuori.

«Dove mi porti?» mi domanda eterea.

«Dove mi stai portando tu...», rispondo in preda a una trance arancione fuoco.

«Io...?» risponde senza rispondere. Senza reagire.

Sento la sua consapevolezza. Qualcosa dentro le suggerisce di lasciarsi trasportare. Fuori. Aria aperta. Fresco. L'alcool è un nero ricordo localizzato nell'alito. Lei accanto.

Ora lascio che la visione si appropri della mia diletta. Mi sento ordinario e decido di cominciare lo studio dai piedi, dalle scarpe. Un brivido a stelle e strisce mi prende la spina dorsale quando vedo un paio di scarpe tipo College marroni. Un mocassino! Di quelli che fanno subito messa domenicale. Di quelli a tacco basso. Di quelli che separano la femminilità dalla procreatrice di prole asettica. Di quelle che fanno subito frigido distacco sterile.

«Chi cazzo è che porta ancora le College marroni? A una festa... Una donna in College è... è...», non riesco a dirlo. «Levati le scarpe!»

Non capisce. Dice qualcosa come: «Non sono College!». Peggio! Una sottomarca della scarpa antierotica per eccellenza! La sua mente vaga tra i titoli di testa di un film che proiettano solo dentro la sua scatola cranica. Mi getto su quello scempio del comparto calzaturiero e gliele tolgo con rabbia. Ho il tempo di sfiorare due piedi perfetti con dita affusolate e unghie deliziosamente laccate di bianco sotto delle calze bianche trasparenti. Da porno diva.

«Hei (una che indossa para-College non sa che *Hey* si dice all'americana oppure non si dice), lasciami, guarda che urlo, chiamo aiuto. Se non la smetti...»

Mi alzo e la guardo negli occhi senza vederla. Non dico nulla. Le sventolo le scarpe davanti, poi le getto via. Non capisce, non può capire. Una donna che mette quelle scarpe non sa una sega del mondo, di come gira. È una povera e inutile presenza vuota su un terreno sul quale sono in molti a vagare privi di luce, tutti pieni di convinzioni incrollabili. Ed è la mia donna ideale...

«Da quando porti le College?» Ora la vedo bene. È bellissima. Ma davvero, cazzo! Bellissima. Quasi quasi m'incazzo. «Da quando?»

«Ma che hai, mi fai paura! Sei tutto gonfio...»

Sì, sto urlando disperatamente. È che le College mi fanno girare le palle... Non devo farlo, ma oggi non ho freni inibitori.

«Tirati su i pantaloni!» Silenzio. Lei fa per slacciarseli. «Ho detto su, non giù!» È completamente frastornata. Faccio io. «Mettiti di profilo.» Faccio di nuovo io. Come sospettavo. Ha due caviglie fini sotto un polpaccio segnato lievemente dai gemelli e dai peronei. Il collo del piede mi sbatte in faccia la dura realtà di una sensualità in gabbia. Lei immobile. Vorrei masturbarmi. Mi alzo seguendo la linea del suo profilo. Non avrei mai dovuto farlo. Divento paonazzo dalla rabbia.

«Da quando porti le College?»

«Non mi fare del male, io...»

«Lo sai che sei di una bellez...»

«Aah!» Urla. La seconda zeta mi si blocca tra gli incisivi e la lingua mi si schiaccia in mille pieghe dolorose. «Via!» e fugge afferrandomi per una mano. In un primo momento rimango fermo come un tronco di baobab, ma mi sento sradicare. Volo. È lei che... dopo aver superato un breve tratto di strada poi abbiamo svoltato dietro l'angolo di un palazzo, e poi giù per le scale di un seminterrato e su di nuovo per un vialetto interno, e nel cortile del palazzo stesso, poi in una via laterale, o parallela alla prima, poi dentro il palazzo di fronte, e così via per almeno tre o quattro comprensori, fino a una fermata della metro che sembra chiusa, ma ha un cancello in ferro semiappoggiato ai cardini anche loro in ferro che lei solleva senza sforzo, sempre a piedi nudi, con delle unghie sexy laccate bianche, entriamo dentro fino a un chiosco di giornali di cui ha la chiave e ci gettiamo dentro in pochi attimi... è lei che mi dice perché ha urlato e poi è fuggita via con me appresso come una furia, fino a quel nascondiglio sotterraneo.

«Non so che mi è preso, mi è venuta voglia... di fare l'amore.»

Ora, il fatto che in un baleno, da ipotetico e mai confermato potenziale maniaco aggressore, diventi vittima, non è che mi prende proprio di sorpresa, solo che non me l'aspettavo, ecco.

Lei vuole proprio scopare. In questo momento ha ordinato un tanto di violenza carnale controllata tutta per sé. Tutto procede come lei ha previsto. Ubbidisco.

Non riesco a venire dall'eccitazione. Sarà l'odore di carta stampata e di inserti in quello spazio un metro per un metro chiuso a chiave, sarà lei, senza College, o l'idea delle College...

«Non riesco... non riesco a sentire... non riesco a venire...»

«Meglio. No?»

«Già, meglio certo. Come meglio? Da quando porti le College? »

«Eeh, la prima volta ero al liceo.»

Non ne avevo dubbi.

«Fanno schifo, sono orrende, sono anti-erotiche per eccellenza!» m'incazzo soltanto a ripensare come una femmina di queste proporzioni, il mio ideale di donna, possa portarle e diventare un cesso da festa di compleanno in casa della zia con stop della musica alle 23.00. E vengo. Sulle riviste del settore informatico. Avrei preferito quelle di moda e costume, ma non si può avere tutto.

«Usciamo da 'sto coso.»

«Ehm... Non possiamo, ho le chiavi che aprono solo da fuori.» Ridacchia.

Rimango a pensare che tipo di serratura si possa aprire con due chiavi diverse a seconda che si provi da fuori o da dentro... e lei continua con il suo risolino.

«È uno scherzo?» Sono speranzoso, le dò una possibilità.

«No. [pausa breve] Dimmi che mi ami!»

Ma che... non credo di aver capito.

«Come?»

«Dai, dimmi che mi ami», dice con una lagna infantile lievemente gutturale.

"O porca troia!" penso e ho un'intuizione che ancora oggi ho difficoltà a spiegarmi.

«Dimmi un po', alla festa c'era anche tuo fratello?»

«Sì, ma non cambiare argomento... che t'importa di mio fratello, a lui ci penso io, so come prenderlo.»

"Nonononononono. Fermi tutti, fermi tutti, Non sono io quello che sta ascoltando queste parole!" mi dico ormai risvegliato da ogni stordimento.

«Rispondi, c'era anche tuo fratello alla festa?»

Non so perché mi vado a fissare sulla questione ininfluente del se abbia indovinato o meno... a volte mi fisso sul superfluo, mentre l'essenziale mi porta a fondo.

«Ti ho detto di sì, ma lui è comprensivo, te lo giuro. Non farà storie. Stai tranquillo.» Poi segue una pausa orrenda come il lento movimento di una strisciolina di percolato che proviene da sotto il lavello dopo un'assenza di mesi da casa per una vacanza in Madagascar che si è trasformata in fuga.

«Dai, adesso dimmi che mi ami. Dimmi che mi ami, su, dai, non fare l'egoista... suu dimmelo!» La sua voce assomiglia all'imitazione di gola di Nikka Costa da giovane. "Le College!! Sono un segnale inequivocabile, non ci si può sbagliare!" Penso, cercando di trovare una risposta. È che noi maschi quando siamo sul binario della traviazione da mito della conquista ci rendiamo conto che dietro ogni corpo c'è sempre e comunque una persona, un cervello, o quello che lo rappresenta per analogia, solo dopo.

«Ho scopato con la sorella del ciellino addetto alla

disintossicazione da alcool!?» Non dovrebbe importarmi molto ma in quel momento suona tragico. Per fortuna lei non risponde alla provocazione. «Torniamo alla festa.»

«Non possiamoooo... te l'ho detto! Dimmi che mi ami, mi ami? Su, dimmi che mi ami!»

Una cantilena infantiloide esce da quelle labbra che hanno avvolto il mio membro in un velluto perfettamente calzante. Lo stesso sito anatomico che comprende emozioni così incompatibili.

«Dammi queste cazzo di chiavi, ciellina di mer...», lei toglie lo sguardo da questo effimero mondo mortale e assume una fisionomia ultraterrena, «... da...», riesco a espellere le ultime lettere.

Penso e spero di averla colpita, invece no. O sì. Chissà. Si ricompone dopo quell'attimo inconfondibile di silenzio che significa rottura di un qualsiasi sogno sentimentale, e incomincia a trattarmi come farebbe un infermiere di un SERT con un paziente recidivo. Ha negli occhi tutte le ferite delle popolazioni indigene del Terzo e Quarto Mondo, ma le porta con quella dignità che è ancora peggiore per chi guarda.

«Scusa...»

Mi fa segno di scansarmi, mi passa accanto senza neanche sfiorarmi nonostante i pochi centimetri di profondità del luogo, apre la porticina ed esce ricomponendosi alla meno peggio. In qualche demi-secondo mi viene un senso di colpa che risale al tradimento di Adamo ed Eva della fiducia riposta in loro da dio. Vorrei urlare che sono stato io e non Eva a cogliere la mela e che poi ho mescolato le carte in modo da far credere a dio che fosse stata lei, la costola di Adamo, la traditrice del patto. Voglio prendermi tutte le colpe del mondo, anche quelle del crollo delle azioni Parmalat e della crisi argentina, ma non riesco proprio. Quella sua espressione da Passione secondo qualcuno, mi stimola cannibalismo, rivolta, vendetta. Voglio saperne di più.

«Quest'edicola è di tuo padre?»

«Perché non lo sai?»

No, non lo so. Immagino che una persona così abbia un padre che fa il Professore all'Università Cattolica, oppure il Parlamentare di qualche partito di ex-democristiani o altra merda simile. Un uomo che può crescere dei borghesucci noiosi e missionari come i suoi figli, non può fare l'edicolante.

«No...»

Mi guarda serena, di quella serenità che è segno di un trapasso. Ha visto una luce nera e vischiosa uscire dal mio corpo.

«È di una persona che la mia famiglia sta aiutando.»

Oddio, sono davanti a un'opera pia, all'esempio di solidarietà cristiana, e dire che le stavo imbrattando il vestito con i miei spermatozoi agnostici. Il nostro è l'incontro tra materia e antimateria, tra due potenziali energetici che non si annullano, ma vedono la disintegrazione di uno dei due, e il potenziamento del vincente. Dovrei infilarle una cannuccia da succo di frutta in una tempia e risucchiarle il cervello, ma voglio approfondire.

«Questa persona, questa vittima della solidarietà, sa che ti porti gli estranei a sborrare sulle sue riviste?»

«Questa "vittima", come dici tu, in questo momento è

martoriata dalla sfortuna, si è lasciata andare tradita anche dai suoi stessi amici e non è in condizioni di lavorare. Siamo io e mio fratello a turno a portargli avanti l'attività per non farla fallire. Stiamo cercando di recuperarlo.»

Bell'attività, davvero. Lui tossico nelle mani dei salvatori, ergastolano della grazia, e la sua edicola un bordello! Ma dimmi tu chi dovevo incontrare in una sola notte. Tutt'e due poi. Che culo! Ho avuto questa fortuna e non so neanche apprezzarla. Mi sento come un pallino di sterco in mezzo alla cacata di un ovino, non tutta la cacata, ma solo uno delle decine di pallini di merda che la compongono. Vorrei semplicemente darle fuoco, a lei, all'edicola del povero malcapitato (il quale dopo la cura sarà un povero cerebro-centrifugato. Questi non fanno nulla per niente. Qualcosa devi dargli in cambio), a tutto quanto, ma non ci riesco.

«Torniamo alla festa.»

Segue una pausa disgustosa. Mi sento così a disagio... Quasi quasi le chiedo di pregarmi di nuovo di dirle che l'amo. Poi la sopprimo, ma almeno prima mi sarò tolto dalle spalle il peso incommensurabile rappresentato da questo senso di smarrimento.

«Tu non credi in nulla, eh?»

Oh, divinità degli atei aiutatemi voi! Io dieci minuti fa credevo in quei glutei sodi e in quei due bei seni prosperosi, in quelle labbra disegnate perfettamente, in quelle mani delicate con le unghie lunghe ma non troppo, laccate di bianco, i capelli lisci e lucenti di un nero quasi da orientale e credevo nei due fari azzurri che volteggiavano pieni di passione nelle sue orbite. Credevo nei suoi piedi liberati dalla tirannia delle College! Libertà per i piedi! Ero nel mio sogno erotico sognato la prima volta il giorno del mio tredicesimo compleanno e poi coltivato per almeno 22 anni. 22 anni su 35. Coerente fino in fondo. Credevo di avere tra le mani l'impossibile, l'astrazione, la sintesi, la summa di tutti gli elementi fondanti dell'essenza che il concetto di donna assume per me. Credevo che avrei trovato la mia storia che rispondeva a quesiti che oggi consegnamo più ai party alcolici che ai libri o agli astri, a meno che non si tratti di Oroscopi. Io credo che ci sia una ragione in tutto. Non un fine o un senso, ma una ragione. C'è perché tutto quello che accade, è vero, esiste. Credo anche nel mistero. Perché c'è un mistero che è incluso nel prezzo, è un accessorio che dobbiamo prendere nel modello base. Il mistero di cose che non accadono come dovrebbero accadere. Il mistero di qualcosa che non esiste e se esiste non ci dà modo di essere sperimentato. Il mistero di una gabbia che ci costruiamo giorno dopo giorno per non vivere pienamente e per limitare la nostra libertà. Credo, sì credo. Ma la cosa non ti riguarda molto.

«Sì, credo nella necessità di cancellare tutto», scandisco, «tu e io non ci conosciamo, capito? Mai stati insieme. Bene. Siamo d'accordo. Ciao».

Esito, ma sto andando via. Socchiudo gli occhi e lei scompare. Torno alla festa. Non è finita.

Entro. Bar. La mia amica Casting ancora là. Cuba Libre.

«Uno d'approccio a quello della staffa, ci stai?»

«Sei ancora qui, tu? Non ti vergogni?»

«No, perché tu, messa così, ti vergogni forse?»

Basta, anche il mio rifugio è contaminato. Me ne vado. M'intercetta Zoe.

«Mi dici cosa ti è saltato in mente? Mi hai rovinato la festa!»

Nonostante sia incazzata nera, mi sta guardando con cupidigia. La cupidigia di chi non ti si concederà mai prima di aver stipulato un contratto della durata di almeno 36 mesi. «Ho sbagliato a invitarti, in fondo non siamo amici.»

«Beh hai ragione, se sei amica del ciellino che vigila il cesso in cerca di anime da salvare...»

«Matteo?»

«Il fratello di...»

«Rosa.»

Adesso so come si chiama.

«Rosa, sì. Bella famigliola!»

«Eggià, degli esempi per tutti noi, e tu l'hai anche violentata! Non pensavo fossi un pericolo pubblico di questo livello.»

«Cos'ho fatto io? Quella...»

Troppo tardi. Ho tutti contro. Le evidenze parlano chiaro. Adesso dovrei pensare a una via di fuga, a una spiegazione, tipo c'è-un-malinteso-le-cose-non-stanno-come-credete e simili. Dovrei farmi difendere da qualcuno, ma gioco fuori casa, qui sono tutti amici. Non ero venuto con qualcuno? O me lo sono inventato per darmi un tono? Non ricordo. Prendo Zoe.

«Oh, ma che hai stasera? Io non ci vengo con te.»

«Ti fidi?»

La guardo negli occhi, ma non sono sicuro che la frase che ho pronunciato sia quella giusta. Non credo comunque che lei stia capendo quello che vorrei capisse.

«Sì.»

"Merda. Sto per fidanzarmi con Zoe, lo sento." Penso. Allora era meglio la *gnocca* ciellina, no? Dalla padella alla brace. Il mondo è composto da donne che non vogliono stare da sole, di donne che vogliono stare da sole ma non ne sono consapevoli, di donne che stanno da sole ma non vogliono sentirselo dire e di donne che stanno da sole, in coppia. Andiamo in bagno.

«Io ero qui con...»

«Matteo, lo so. Hai bevuto troppo, eh?»

Mi accarezza il volto. Devo essere così tenero ai suoi occhi. Un uomo confuso, che tenerezza! Sento un altro conato di vomito e so che è la saturazione da bontà.

«Mah, troppo... un po'.»

«Sei terribile, l'ho sempre pensato. Dai vieni con me.»

La salvezza confina con la fine. Andiamo a fondo.

«Tu credi che io abbia violentato... come si chiama?»

«Rosa? No, non ci credo. Non è tipa per te.»

Bene. Sono incastrato. A quel punto dico quello che devo dire:

«Tu sì mi capisci».

Levitiamo sulle acque del fiume Tevere. Sono mano nella mano con un'estasi sentimentale incarnata nella mia amica Zoe. Arriviamo a casa sua alle 4.00. Ha lasciato tutto. Gli amici, i regali, la borsa, i conti in sospeso. Dovrei preoccuparmi, ma la folla di pensieri e l'intricato dedalo delle loro conseguenze ipotetiche, è molto più insidiosa. Ho la sensazione di aver dimenticato qualcosa d'importante. Poi c'è un lieve buco che termina con una domanda. Con chi ero venuto?

«Zoe, con chi ero venuto?»

«Non lo ricordi...» Se sorride ancora con quel ghigno comprensivo e materno le strappo gli occhi dalla testa. «Mi sembra solo, no?»

«Non lo so, l'ho chiesto io a te...»

«Se non lo sai tu... aspetta, chiamo Arianna, lei lo saprà sicuro, era all'entrata.»

Non ero solo. Devo tornare alla festa.

«Sei fuori? Rilassati stai giù.»

Già, che ci faccio giù? Cioè steso, che ci faccio? È cominciata l'opera di soccorso. Zoe esce. Ritorna. Riesce. Ritorna. Va e viene una decina di volte. Sta per succedere qualcosa. Ha preparato un caffè. Alle 4.30! Messaggio ricevuto. Buio.

Apro gli occhi e non so dove sono. Al soffitto un lampadario. Ormai i lampadari ce l'hanno solo i vecchi, i provinciali e chi ha ereditato una casa da un nonno avendo i genitori ancora in vita che desiderano lasciare tutto com'è "per rispetto della memoria". Vedo mobili da casa condivisa da più persone. Pareti sporche. Letto matrimoniale! Accanto a me una massa di lenzuola e un pigiama pieno di qualcuno. Dove sono? A destra un'immagine inquietante. Una serie di riviste informatiche... riviste informatiche... c'è qualcosa, qualcosa che... ritorno sul fagotto accanto a me. Due possibilità. Tre. Non oso pensarle. Dormire. Risvegliarsi e trovarsi in un luogo familiare. Chiudere gli occhi. Voltarsi, piano. Non fare rumore. No. Alzarsi e fuggire. Trovare uscita. Andarsene, presto. Subito. Ora. Un desiderio cresce in me. Uscire, ora, presto, andare e non vedere. Non sapere. Fuggire. Qualcosa si muove... Ahi! M'irrigidisco. Niente. Ma chi è? Dormi, dormi, non ti svegliare, il mattino è lungo e il sonno è tanto. Vestiti. Visualizzare lo spazio, i passi da fare, i movimenti. Provare tutto mentalmente più volte. Fare a memoria e in fretta. Riviste informatiche... Sospiro. No. Non sono io. Alla mia sinistra un movimento. Una mano mi sfiora il braccio. Calda. Morbida di sonno. Allontanarsi lievemente. Rompere il contatto con astuzia. Lampadario. Sedia. Vestito. Porta semiaperta. Penso che siamo soli. Quando finisce quest'incubo? Bella domanda.

Un incubo fatto di spezzettamenti, frammentazioni, dissolvenze, confini poco marcati. Quest'incubo che mi accompagna da una vita. Questo sogno inquieto. L'incubo della festa. Della dissipazione continua. Il sogno di un incontro, di una soluzione, di una ri-soluzione. L'incubo dello status di sobrietà, il tuffo nell'epifania alcolica. Miti di una vita, rituali di staticità in cui il passaggio è ostacolato. Fermo, immobile. Mai sobrio, mai lucido. Attenuare la coscienza, la consapevolezza. Fluttuare in un liquido amniotico e lasciarsi trasportare sereni. Svegliarsi e ritrovare la terra ferma, scorgere i particolari, allora sì provare la nausea e il tormento della luce. Vederci bene. 11/10. Confinarsi nel silenzio. Vado via, di soppiatto. Lascio quel mucchio di spiegazzature senza spiegazioni. Comunque vada. L'importante è andarsene via.

Stasera ci vuole una festa. Un'altra. Voglio ricominciare. Cancellare tutto. Inseguire una nuova opzione. Un nuovo potenziale. Rinnovamento, ci vuole. Ci vuole animo, vita. Entusiasmo. La vita è brivido, è sferzate di emozioni allo stato puro. Insomma mi voglio spaccare il fegato e ritrovarmi a sputarmi in faccia anche domattina, va bene?

Chiamo un conoscente a caso che non fa altro. Un altro. Per cambiare. Mi dice che proprio stasera c'è una gran festa "piena di figa". Lo dice sempre.

«È al Barcone, lo conosci?»

Di nuovo. Ho una paura immotivata. Beh, al contrario, ho proprio un terrore definito.

È paradossale! Se dici che sei ateo nessuno ti crede.

Crocette

Clara, cugina di Marina.

Da sempre mi considera *gnokko*. Definizione data tra amiche. Io non posso dire lo stesso di lei. Il suo cervello ha invece una sua bellezza. Specie nel lobo responsabile del senso dell'umorismo. Molto meno nei centri per l'autoironia. Spesso preferisco andare con ragazze esteticamente dalla sufficienza in giù, sono quelle che sono in grado di dimostrarti qualcosa senza pretendere sempre di essere al centro dell'attenzione. Non si sentono in colpa. Non si portano sempre con sé il piedistallo. Danno liberamente, almeno così credevo fino a ieri.

La mia storia con lei è stata brevissima se contiamo le volte che ci siamo visti. Due. Diluite molto nel tempo. Tre settimane in tutto. Mi chiama per invitarmi alla sua festa di compleanno e la cosa promette bene. Un sabato. Ci vado solo. Come arrivo m'invita a ballare e mi dice che ha baciato *tre boys* e che vuole battere il suo record personale. È ubriaca e si è scordata come si fa a non renderlo troppo visibile.

«Qual è il tuo record?»

«Tre...», mi fa fissandomi la bocca.
Non c'era bisogno di dire altro.

Una sera sono da lei. Era la seconda volta che provavamo a scopare. La prima era sfumata nel modo più inarrestabile, dopo una cena in un ristorante vietnamita e grazie alla mancanza di preservativi. La cosa non mi aveva pesato più di tanto dato che i preservativi li odio profondamente. Almeno li odiavo allora.

Avevo solo 20 anni quando il preservativo è diventato in pochi istanti da quella cosa che papà aveva nel cassetto per non rischiare di avere altri marmocchi in casa (fratelli minori che i figli minori come me avrebbero voluto alla disperazione, ma lui e la mamma no e che dimostrava che papà era ancora un uomo attivo), a muro divisorio tra un sesso e l'altro, o più in generale tra sé e il proprio piacere con un altro essere umano. Era il 1986. Due anni prima negli USA era scoppiata la psicosi dell'AIDS mentre Tina Turner intonava ancora *What's Love Got to Do with It*... Nei primi tempi piuttosto che continuare a non usarli, l'effetto unanime è stato smettere di avere storie occasionali. Il problema è che ogni storia al suo nascere è per definizione *occasionale*. Risultato: una fetta cospicua di esseri umani ha vissuto lunghi periodi di astinenza o di lotta con i preservativi, i quali sembravano costruiti ad arte da qualche ditta vaticana per farti perdere l'erezione e smettere di commettere atti impuri.

Per farla breve, siamo entrati al liceo con gli studenti degli ultimi anni che professavano e praticavano sesso libero, ne abbiamo solo odorato le potenzialità e le gratificazioni, per poi essere tradotti a forza nella gabbia della paranoia. Il sesso era diventata una minaccia. Il piacere era la fusione di vita e morte, come nei peggiori articoli dei più scarsi sostenitori della psicoanalisi freudiana ultima maniera.

Oggi, invece, i preservativi sono un comodo diaframma tra me e i tentativi di fidanzamento precoce. Sì, perché anche se interrompendo i preliminari per indossarli mostri un buon senso di responsabilità e di maturità, il non fare almeno un tentativo d'azzardo senza nulla addosso crea una certa delusione in una donna, come se si rompesse una poesia.

Questa volta ne avevo portato uno. Solo uno. Ero consapevole del fatto che poteva essere una forma di autogol non troppo involontario. Visto l'odio per la costrizione del lattice, con due profilattici avrei avuto la possibilità di una cilecca con seconda chance. Così invece andavo sul o-la-va-o-la-spacca. Ma l'atmosfera in ogni caso non si prestava a grandi performance erotiche.

Il fatto è che Clara è una cosiddetta "donna in carriera". Una giornalista. Trentacinquenne. Di buona famiglia. La peggior specie. Donne abituate a ordinare e a odiare chiunque si avvicini al proprio spazio. Il giorno dopo doveva partire per una settimana bianca. "Bene", mi dico. "Sarà rilassata, stasera potrebbe essere una serata di grande passione!"

«Scusa se sono mezza isterica, ma non ho avuto tempo di fare bene le valige e domani mi devo svegliare presto. Sono stressatissima, ci saranno tutti, ma proprio tutti, questa volta. Si preannuncia un successone. Ma entra, entra pure, io intanto controllo se non mi sto dimenticando qualcosa...», mi lancia appena apre il portone di casa. La sento che continua a parlare senza soluzione di continuità in effetto Doppler. Mi viene istintivo guardarmi la punta delle scarpe. È la reazione di chi si trova alla prima di un'opera al Teatro alla Scala travestito da Alì Babà. Sento che le sue parole hanno l'effetto che avrebbe la porta blindata se appena aperta si richiudesse violentemente sollevandomi un ricciolo di capelli sulla fronte. "Cosa hanno le mie scarpe che non va?" penso disorientato. Clara è un sibilo ad alta frequenza di suoni indistinti che va da un vano all'altro senza requie.

Ci sono persone che prendono tutto come un dovere serissimo. Domanda che fa capolino nella mia mente: "Che cazzo ci sto a fare qui?". Odio sentirmi un rumore di fondo nell'esistenza di qualcuno che neanche conosco poi così bene. Se fosse un'amica sarebbe semplice, smetterebbe di essere un'amica. Mi posiziono nell'area dei rischi da calcolare nel caso di flirt occasionali.

«Ancora lì? Prenditi un bicchiere, anzi prendine due e...», il resto della frase lo ricompongo io in un puzzle di sillabe ridotte a morfemi sparsi dal suo vagare persistente che crea un gioco di suoni provenienti da tutte le direzioni, «... e versa del vino rosso...», mi pare.

Sono in un luna park, in una grotta dei fantasmi estratta dal mio passato di bambino, in cui gli ululati, le apparizioni, i viscidi filamenti sintetici che ti sfiorano, i lampi di luce multicolore e l'eccitazione mista a terrore di chi ti sta accanto mi hanno sempre fatto pensare di essere stato raggirato. Era tutto così scontato e prevedibile da farmi sentire una variabile impazzita. Ecco, certe persone, certe… donne, hanno bisogno della presenza di un disturbo da combattere. Organizzano la propria vita come dei luna park e poi invitano il primo che capita a fare un giro nell'attrazione più rabberciata. Oggi tocca a me. Magari vorrà che fallisca, tanto per restare single senza farne una scelta.

Non so che fare. Entro. Vado in cucina. Stappo una bottiglia di rosso, la più costosa, riempio due bicchieri e vado in salotto senza dire nulla scolandomi il mio nel tragitto.

Lei va nervosamente da una stanza all'altra parlando senza sosta del suo lavoro, immagino, o di se stessa. Di cosa può parlare una giornalista? Porta la bottiglia di vino rosso che avevo appena stappato, riempie nuovamente il mio bicchiere scolando il suo tutto d'un fiato per evitare l'imbarazzo di una sobrietà che nessuno conosce più, e cominciamo i preliminari dei preliminari ai preliminari…

I nostri sorrisi sono una maschera incrinata. Io penso a quanto durerà il supplizio introduttivo. Lei sicuramente pensa ai primi commenti entusiasti dei colleghi al ritorno dalla montagna. Non mi va assolutamente di metterle le mie mani addosso. Cerco di pensare a come evitare contatti troppo affettuosi.

Se fossi stato onesto le avrei chiesto di offrirmi il suo corpo come un rifugio per evitare di usarlo come attrezzo ginnico. Ultimamente il sesso come forma di comunicazione è diventato più arido di un programma televisivo del sabato sera. Mi ricordo che si discuteva molto (e stancamente) a scuola, tra compagni, della liberazione sessuale dai vincoli borghesi e perbenisti come di uno dei fondamenti di ogni rivoluzione. Adesso so solo che se qualcuno ha pensato di migliorare il privato sbattendolo sullo schermo cinematografico e nei libri per denunciare le sue storture di buco nero in cui la società schiacciava l'individuo, può a buon titolo ritenersi il precursore dei programmi-confessione del pomeriggio. Infatti: *Al Posto Tuo*, un *sotto-prodotto deviante della Nouvelle Vague?*, è una delle idee demenziali di tesi universitaria che circolano molto nei forum tematici di cinema o di scienze della comunicazione. In ogni caso io e Marina ne sviluppiamo un capitolo ogni volta che ci fumiamo della buona *skunk* da soli.

Comunque, facciamo il nostro tentativo e come previsto appena vestito il cappottino il mio lui fa le valige e scompare. Non succede sempre, ma sempre più spesso. È una sindrome molto diffusa e conosciuta. Si chiama: fuga dalla crocetta.

"Sapevo che avrei dovuto portarne almeno un paio…", mi dico. Problema non da poco. Soluzioni: a) non me lo levo e mi rivesto quello che basta per coprire questo spettacolo di dubbio gusto per poi riusarlo al primo segnale di risveglio; b) lo tolgo ordinatamente e lo rivesto una volta recuperata una certa vena; c) mi alzo e me ne vado. Questi sono problemi di una metà del mondo. L'altra, spesso, anche in età avanzata non sa neanche come si srotolano o che si srotolano.

La mia mente mette in scena la replica di un momento della nostra prima volta:

Lui e Lei sul divano, quasi completamente nudi. Lui è sopra di lei. Tra di loro un'armonia livello 6 su 10, quanto basta.

Lei- Mettiti…(*sguardo di quasi panico*) non hai…?

Lui- Nno…

Lei- *(Talmente disgustata da sembrare quasi sollevata)* Come, non hai i preservativi?

Lui- No, t'ho detto di no.

Lei- Allora non si fa niente!

Lei si riveste in fretta.

Quel niente significava niente. Ma niente! Perché, senza, lei non ne vuole sentir parlare (non riesce nemmeno a baciare). Anzi, mi fa capire che sono stato un grande coglione a non portarmeli dietro. Vero.

Definizioni: se te li porti dietro sei un bastardo in cerca di crocette; se non ne hai, sei un bastardo in cerca di crocette, coglione.

Io: «Ma perché non te ne compri una scatola tu?».

Mi guarda come se fossi il Bin Laden dei rapporti occasionali.

Adesso rieccoci, alle prese con una seconda *prima volta*. Siamo lì, davanti alla dipartita del mio pene vestito di tutto punto, con in testa pensieri del tutto discordanti e con un problema sul futuro a breve del quale neghiamo l'esistenza e la consapevolezza.

Una volta, davanti a un ammaina-bandiera le donne reagivano con frasi di circostanza: "Non c'è problema", "Non ti preoccupare", "Dai, rilassati, su". Oppure frasi pesanti come: "Forse non ti piaccio abbastanza?" o "È colpa mia?" o… "Vuoi parlarne?".

Adesso no. Niente. Silenzio. È stato già detto tutto. Qualsiasi frase è ridondante. Pronunciare quelle frasi ti situa subito nel sottoscala dell'evoluzione umana, e ambienta il tuo incontro nel camerino di una guest star di una soap sudamericana. Al massimo si possono sentire pronunciare tra i denti cose tipo: "Certo, sono proprio sfortunata!" o "Ma tutte a me capitano?".

Alla fine ci stendiamo sul suo letto, io recupero una specie di erezione e ho uno dei miei orgasmi più repentini degli ultimi 15 anni, che accompagno con un:

«Cazzo, no!»

«Che c'è?» mi fa lei con un tono quasi inconsapevole. Studiato.

«Sono venuto.»

Ero veramente dispiaciuto. Ho sentito una sferzata alle reni. Sapevo che il suo orgasmo ancora aleggiava indistinto nel limbo dell'incapacità di instaurare alcun contatto con me. In fondo vedere una donna venire non è solo gratificante, ma anche poetico, chiude il cerchio anche di una scopata en passant.

«Beh, meglio così, prima non ti veniva su!» e via a farsi qualche carezza di routine.

Non so se mi ha provocato un certo sollievo sentirmi dire che non dovevo preoccuparmi di alzarmi subito, visto che in fondo di lì a qualche secondo mi avrebbe cacciato via bruscamente perché la sua insulsa settimana bianca richiedeva almeno 6 ore nette di riposo e che senza di quelle sicuramente ne avrebbero risentito sia la capacità del suo viso di produrre melatonina che la sua socialità montana fonte di aneddoti fino a Pasqua. Mi rassegno a sentirmi un piccolo sgorbio unicellulare con lei che mi carezza accanto.

Se mi fossi alzato, se mi fossi rivestito e le avessi detto qualcosa come: "Senti forse è meglio che me ne vada, non vorrei che qualcuno potesse pensare che sei capace di rilassarti e questa voce terrificante giungesse alle orecchie del tuo capo!" forse avremmo fatto un terzo tentativo. Così, per spirito battagliero. Ma poi, un giorno, ho capito perché qualsiasi altro incontro sarebbe stato sempre così scoglionato.

Confesso che questo l'ho saputo molto dopo e non da lei: al ristorante vietnamita, la prima sera, non le avevo pagato la cena. Proprio così. Le sue fantasie di sesso libero erano crollate al momento dell'arrivo del conto, quando ho pagato soltanto la mia metà. Vale a dire: "Sì, sono emancipata, e allora? Non devo più sognare un principe azzurro?".

Clara è in perfetto anacronistico stile anni Ottanta-Novanta con in testa solo il lavoro e tanti propositi sulle relazioni che esprime per darsi un tono ancora più professionale. Ma a volte è anche peggio. La trentenne in carriera, la donna nata tra la fine degli anni Sessanta e gli anni Settanta, per intenderci, è totalmente fuori binario (per noi maschi la questione è molto più complicata). Ha una tara educativa che le fa dire cose giustissime, apprezzabilissime sulle relazioni e sull'amore, sugli uomini e sui ruoli sessuali (paritari a sentire lei), e contemporaneamente le sue azioni, la sua prassi rispecchiano la volontà di mandare tutti a fare in culo. Il suo motto in breve si potrebbe tradurre in: "Levatevi dai coglioni!". Chiunque sia a meno di tre metri dalla proiezione del suo confine epidermico è a rischio contraerea. Nessuno può ammettere a se stesso di essere così bastardo. Al massimo se ne può ridere con gli amici stretti.

Il problema è che io mi ritrovo troppo spesso con questo tipo di donna accanto.

Fatto sta che nella nostra lunghissima e simpaticissima e partecipatissima telefonata pre-festa-di-compleanno, avevamo costruito le fondamenta di un flirt che sembrava indirizzarsi in una strada definita, moderna, per intenderci, e anche da periodico *glam*. In teoria avevamo detto in coro basta ai luoghi comuni, al rifiuto del dialogo, alla scarsa sincerità, alla codardia, alle richieste troppo esigenti, avevamo espresso un fastidio epidermico verso le relazioni appiccicose e all'antica. Avevamo urlato il nostro viva! all'umorismo, alla buona compagnia, al rispetto e a tanti altri bla bla bla. Questa era stata la premessa telefonica. La preselezione. Il test verbale.

Poi ho scoperto che queste premesse ormai sono sempre più autosufficienti, si bastano. Autarchia pura. Servono a lenire la nostra paura di essere distanti dal modello dominante di riferimento. Ci presentiamo recitando il breviario di noi stessi e il gioco è fatto. Ormai le cose sono dette, i patti chiari e tutta la realtà si piegherà a quello che noi abbiamo deciso di essere. In questa fase preliminare, chi parla di sé in tono più deciso, chi dice più cose di sé si avvantaggia nel caso di un fallimento. Potrà parlare con i suoi amici (o amiche) e a se stesso (barra a) e dirsi che ovviamente è l'altro (senza barra) che è fatto male e che ha dei difetti talmente palesi da rendere ogni analisi superflua.

Dopo di lei ho sentito il bisogno di allontanarmi per un po' dal sesso. Non per colpa della sfiga. Avevo finito i preservativi. E anche le scuse per non indossarli.

Appena esco dal suo appartamento qualcosa di molto primordiale mi fa voltare e suonare di nuovo il suo campanello di casa. Arriva dopo un'era glaciale.

«Ah, ancora tu... Dimenticato qualcosa?» mi domanda distante, già immaginandosi alle prese con uno skylift.

«Sì, una domanda: ti iscriveresti a un sindacato dei trentenni?»

Ci pensa un po' su.

«Vuoi dire una di quelle cose tristi in cui si discute per ore, ci si piange addosso e sembra che nel mondo faccia tutto schifo e che siamo costantemente sull'orlo di una catastrofe, eh? Naaa! Ciao, ciao!» dice girando su stessa e richiudendo la porta in un unico gesto rotondo.

Da un punto di vista prettamente inventariale, Clara è una crocetta. Lo è anche se la penna con cui è stata scritta la X che la interessa ha esaurito la cartuccia d'inchiostro prima della fine di una delle stanghette. Il suo è un caso chiuso e archiviato. Nessuna soddisfazione, nessuna implicazione. Entrerò nelle sue statistiche sull'inadeguatezza del maschio di oggi, probabilmente citato di sbieco in uno dei suoi articoli e con un nome esotico, e al prossimo incontro si riprometterà di non compiere più lo stesso sbaglio. Si dirà che per avere un flirt soddisfacente o una relazione gratificante fin dal primo istante, la soluzione esiste ed è semplicissima. Chiedere a freddo: «Se mi porti a cena paghi tu, eh? Non mi farai compiere quel gesto volgare di infilare la mano nel portafogli la prima sera che ci vediamo, a pochi minuti da quando ci verrà voglia di andare o da te o da me, vero?».

Ciò che è bello non sempre fa bene

La bellezza è un ostacolo. Essere belli è un ostacolo. Piacere, essere attraenti, attirare l'attenzione è un enorme, inarrivabile, intralciante, ruvido, rugginoso e anche impietoso ostacolo tra sé e il mondo. È tutto quello che il mondo ti dice di avere. Ma quando te la trovi alla nascita, spesso non sai che farne. Se poi si è anche timidi si entra nella tragedia classica. Essere timidi e belli è profondamente ingiusto. Se sei bello non puoi anche essere timido. Dovresti essere futilmente concentrato in un misero spazio tra te e lo specchio, guardarti, rigirarti, vestirti e svestirti, incremarti, dovresti essere così immerso nella tua immagine da non dare scampo a chi ti avvicina. Un bello (in effetti per essere definiti dei veri belli bisogna essere alti almeno un metro e ottantadue, non un centimetro di meno. Io non supero il metro e settantacinque, ma tant'è), non può che essere sfrontato e impietosamente superiore a chiunque altro al mondo.

Un bello per vivere deve sostenere miriadi di sguardi, attenzioni, complimenti che arrivano sempre, soprattutto nei momenti sbagliati, quando ti sei svegliato con un'immaginaria corda al collo, per esempio, e nessuno vuole mai credere che uno come te possa essere disperato, o solo, o triste o anche solo pensieroso. Un bello è una finestra aperta sul paradiso sognato dagli altri. È impossibile sottrarsi, li devi fare affacciare tutti, uno per uno.

Essere belli è qualunquistico, disimpegnato. La bellezza impone l'autocompiacimento della felicità ereditata geneticamente. Ti pone politicamente in un ambito di assenza di ingiustizie profonde da eliminare con metodi drastici. È improponibile e poco credibile porsi quesiti troppo profondi e radicali sul mondo circostante. Essere radicali è la negazione della bellezza. La bellezza si sposa con le figure romantiche, mitiche, appassionate e forse anche tragiche, oppure con il galleggiamento più anonimo e vuoto. Puoi essere elitariamente di sinistra, come un leader storico che va in barca a vela e parla solo dopo aver condito le sue parole con espressioni e gesti che significano: "È ovvio". Puoi essere, sì, un comunista, ma si presume che i tuoi figli vadano nelle scuole private più all'avanguardia con le rette più costose. Tra gente bella e ben educata e senza brufoli o forfora o grasso superfluo. Ma non puoi avere un pensiero problematico, non puoi essere bello e pensare che il mondo sia una *ciofeca*, che vada fatto evaporare per eliminare storture ormai insolvibili. Un mondo fatto a immagine e somiglianza di chi calpesta, viola, stupra e affonda i diritti della maggioranza. Un mondo in cui le diverse culture rischiano di morire perché non hanno i soldi per comprarsi spazi pubblicitari sui network televisivi. Non puoi essere un esistenzialista, un pessimista. La bellezza è speranza nel futuro. La bellezza è possibilità. Se sei bello, sei la dimostrazione che un mondo perfetto può esistere. Ma se per te la bellezza non è che un particolare che per lo più non dipende da te, e il mondo uno scantinato fatto di malati gravi alla deriva allora, secondo le regole, dovresti trasformarti in uno sgorbio. Questa visione della vita non ti è concessa se resti bello. Nessuno ti ascolterà. Insomma, non si può essere realmente di sinistra, se si è belli.

«Ma da dove cacchio le prendi tutte 'ste certezze?» mi chiede Marina. La guardo senza parlare. Allora aggiunge: «Tu non sei più bello, puoi finalmente essere di sinistra, contento?».

Essere bello è stata una delle ingiustizie più grandi della mia esistenza. Non ne ho mai posseduto il segreto, mi sembrava un'enorme presa in giro che tutti condividevano alle mie spalle. Avrei voluto dire al mondo intero che si sbagliava, volevo prenderli tutti al collo e urlare loro: "Ma che dite, vi rendete conto che è una cazzata?". Amiche, colleghe e conoscenti di mia madre che schiacciavano le mie guance morbide di decenne o di quindicenne tra le loro sudice dita di donne avvizzite prima del tempo, mormorando frasi estasiate come: «Ma che occhi!» «Chissà quante fidanzate che ha, eh? Quante fidanzatine hai?». E poi: «Chissà quando crescerà...» «Chissà come crescerà...» «... Attenzione a non innamorarsi di lui!» di qua. «Quanto sei bello!» di là. Oppure: «Poverina chi ti incontra!» «Chissà uno bello così quante ne combinerà!» «Che occhietti da furbo». Io mi nascondevo tra le cosce di mia madre e cominciavo a costruire un futuro da potenziale mammone imbambolato, ma loro continuavano sadicamente a infierire. Il mondo è un enorme fatale congrega di stronzi che puntano il dito proprio dove hai il tuo punto debole. Nessuno sa nulla di nessun altro, e mai che qualcuno si astenga dall'emettere la sua opinione. Perché non restarsene zitti? Perché nessuno capisce che è meglio tacere che cercare a tutti i costi di fare bella figura con un complimento? Perché nessuno capisce che prima di avvicinare il prossimo devi per lo meno sapere se è il momento opportuno? Fanculo!

La bellezza è una qualità bastarda. Non si dovrebbe possederla se non si è superato un training speciale. Anche perché è diventata talmente il punto d'arrivo dei sogni rimossi di ogni abitante del pianeta, che averla ti carica di una responsabilità insostenibile. Dovrebbero lasciarci in pace, pubblicitari, giornalisti, registi di film-papponi commerciali, sportivi di successo, smettete ora di fare quello che fate! Oppure fatelo per i cazzi vostri, ma lasciateci in pace! È una minaccia. Arriverà il giorno in cui saremo pronti a fare i conti e a farli pagare a chi è debitore...

Non mi sono mai sentito in sintonia con la mia attrattiva che procurava eccessi di ogni tipo. Telefonate anonime, messaggi, occhiate, gomitate al mio passaggio, commenti, liti, gelosie. Sapevo di esserne la causa, ma non avevo la forza di reggerne una milionesima parte. Tutto era tragedia. Una tragedia nella quale in teoria sapevo come comportarmi e dove al contrario sentivo un eccesso di ansia e di paure.

La paura peggiore è sempre stata quella di non essere riconosciuto. Più piacevo, e più mi dicevano che ero bello e più sentivo di non essere riconosciuto. Non ero riconosciuto per qualcosa di mio, ma per qualcosa che mi ero trovato addosso, come un enorme pastrano nero di lana spessa nel caldo afoso di un 7 di agosto.

Se sei bello fuori, devi *essere bello fuori* anche dentro, devi amare i vestiti che esaltano le tue qualità, le case arredate da un esperto, le persone-occhio di bue, i soldi non sudati, la pigrizia e l'indolenza, i servitori di pelle scura, i partiti radical chic, le correnti di pensiero oziose e charmant, le mode al loro nascere, i ristoranti alla loro inaugurazione, le discoteche solo come passerella e poi tanta lacca, pinzettine per i peli, creme idratanti di provenienza provenzale o indiana, l'etno e una punta di modernariato.

Quando sei bello, sono cazzi tuoi. Nessuno ti chiederà di dimostrare nulla, e quando tu vorrai farlo di tua spontanea volontà, nessuno si accorgerà di te, perché sarai entrato nel loro cono di sordità e di cecità.

Mio zio.

«La bellezza non esiste! È solo un'illusione.»

Io non capivo se volesse denigrarmi o se stesse cercando di dirmi altro.

«Cerca bene, vedrai che la tua lei starà proprio dove non hai mai pensato di trovarla. E niente crocette!»

Me lo disse il giorno in cui sono entrato al liceo. Io ho fatto finta di essergli grato per l'interessamento. Ma sapevo che mentiva. Lui era sempre stato dietro soltanto alle donne più belle della città. Non ce n'era una definibile normale che avesse corteggiato anche solo per sbaglio o per necessità. Solo le *strafighe*. Bei sederi, seni prosperosi, vita stretta, mani affusolate, labbra carnose, la meravigliosa fossetta all'altezza dell'inguine e appena sopra la clavicola, possibilmente un po' di lordosi, occhi rigorosamente blu mare d'inverno, un minimo di palestra, un velo di raggi UVA e un velo di trucco per non sembrare nature, che fa femminista. Passava da una all'altra con grande nonchalance e spesso mi sono chiesto se si rendesse conto di questo effettivo continuo cambio di accompagnatrici perché, dopo tutto, nonostante qualche variazione di colori o di centimetri, si assomigliavano tutte in modo impressionante.

Questa storia delle crocette non mi ha mai convinto. Siamo o non siamo un popolo di ragionieri della scopata? Chi non ha fatto almeno una volta la conta precisa delle persone con cui ha fatto sesso fino a quel momento... calcolando poi la media annuale... come per dirsi che sì, in fondo ha fatto le giuste esperienze... o che no, è proprio un relitto della conquista e che deve migliorare sensibilmente... Allora, un vero conquistatore non può stare sotto le 20 scopate all'anno con donne differenti. Il resto del mondo civilizzato, pur nella sua sperimentazione e senza situarsi nell'area dei disturbi sessuali, si accontenta di 2-5 incontri all'anno. Qualsiasi uomo che sui trent'anni sia al di sotto di un incontro diverso ogni dodici mesi, può secondo ogni tabella *machista* che si rispetti, sentirsi un fallito e rinunciare a parlare di sesso con il mondo circostante per il resto della sua vita.

Questa è la scala di misura del vero maschio italiano. C'è poco da fare, ci si ritroverà a confrontarcisi prima o poi. È la mentalità prevalente. È anche la causa di molte cilecche, se è per questo.

Questo mondo è creato per far nascere complessi d'inferiorità. Siamo continuamente inferiori al modello dominante di riferimento. Io consideravo mio zio un alieno. Come faceva a ricordarsi tutti quei nomi? Come poteva fare semplicemente dei complimenti estetici alla partner di turno senza fare gaffe? Lui diceva che erano solo amiche, ma a giudicare dal suo ristretto range di argomenti, immagino che l'amicizia si esplicitasse in un sostegno alla sua gratificazione carnale. Come le incontrava le adulava, sempre con quella smanceria finto-spontanea che se non fosse così studiata potrebbe sembrare la perfezione di un incontro folgorante. Ci stavano tutte indistintamente come se tutto il mondo femminile fosse in un'eterna attesa dell'ennesima presa per il culo. Quelle che lo rifiutavano lo facevano solo per prolungare le sue attenzioni. Fiori, sorrisi, battute di spirito, un caffè qui, un Campari Soda là. Gesti, accenni, luoghi speciali, cose preziose per donne sole o solo per donne. Ma l'ho notato tardi, intorno all'esame di maturità. Prima, mi sembrava che le sue parole («non dimenticare mai che siamo fatti di anima, è quella che conta in un rapporto») fossero lo specchio della sua azione. Pensavo che fosse sfortunato e che avesse difficoltà a trovare la donna giusta. Poi mi sono reso conto che la fabbrica dove assemblavano le donne giuste per tutti non era mai esistita.

No. Lo diceva solo per me. Forse cercava di allontanare il più possibile l'eventualità di avere in famiglia un concorrente potenziale o un sostituto. Lui 48 io 14. Distanza 34 anni, due in più rispetto a quella con mio padre. Quando avrò la sua età lui avrà dei ricordi sfocati dalla rabbia biliosa di essere al palo. Sarà un pensionato pieno di aneddoti da raccontare, ma non lo farà, non racconterà nulla, perché non vorrà mai che qualcuno possa pensare che abbia raggiunto l'età del riposo.

Mio zio era imbarazzante. Su tutti i fronti. Se vedeva una donna doveva farle un complimento. Io pensavo che era penoso. Mai nessuna che gli avesse risposto in malo modo, come per dire: "Ma chi te l'ha chiesto!".

Mio zio era imbarazzante e invadente. Amava il pesce e mi ha trasmesso questo amore. Tutta la famiglia ha imparato da lui. Mi portava a pranzo fuori, perché gli stavo simpatico. Per me il suo era amore-odio. Ero troppo bello per lui. Ero troppo timido per lui. Mangiavamo sempre pesce. Mai che si fosse risparmiato una battuta sulla corrispondenza tra amare il pesce e amare il sesso in una donna. Lui adorava il pesce e ne andava orgoglioso, come se dicendo: "Amo il pesce!" suggerisse, "Sono un grande scopatore!".

«Se alla tua età fossi stato bello come te...»

«Cosa?»

«Niente, tutto è più facile quando sei bello, no?» No, non mi pare. «Non credi?» in quel momento passa un cameriere con un vassoio di resti di spigole allevate appena pulite ai commensali del tavolo accanto.

«Mi scusi», fa mio zio fermandolo.

«Dica?»

«Quelli sono i resti dell'altro tavolo?» Era evidente, ma la domanda serviva da colpo di assestamento.

«Sì, perché?»

Era la prima volta che provavamo quel ristorante. Gliel'aveva consigliato un amico. Un altro malato di sesso. Il cameriere non capiva.

«Posso?»

«Cosa scusi?» Non capiva proprio.

Mio zio era imbarazzante. Qualsiasi cosa facesse mi imbarazzava. Non riusciva proprio a restarsene nel suo mondo individuale. Doveva assolutamente irrompere in quello degli altri con quel suo modo perentorio.

«Come cosa? Non lo sa che è peccato sprecare quel ben di dio?»

Il cameriere mi guarda perplesso.

«Vuole...?» e pare che lo domandi proprio a me. Abbasso gli occhi.

«Certo. Tanto le butta, no? Se vuole gliele pago», e giù una risatina.

A quel punto gli imbarazzati eravamo in due, anzi in sei. Al tavolo accanto non avevano potuto non sentire. Perché mio zio aveva anche uno spirito per così dire pedagogico. Sembrava che mangiasse i resti dei pesci altrui per insegnare loro che non si deve sprecare nulla di un pesce. No. Lo faceva perché non poteva non farlo. Qualsiasi cosa che lo ponesse al centro dell'attenzione andava bene. Tutto. Purché si potesse evidenziare con un pennarello il suo nome.

«Buon appetito!» fa a quel punto mio zio al tavolo

accanto. E loro a ridere. Li aveva conquistati. «Soprattutto alle bellissime signore», e via col brindisi. Se ci avessi pensato per tempo, registrando ogni suo comportamento avrei messo su il cd-rom-guida alla scontatezza dell'italiano medio. Troppo tardi.

«Grazie. Buon appetito a lei e al suo bellissimo figliolo...»

Io cerco di correggere: «No, non...», ma lui m'interrompe.

«Ringrazia!» Ringrazio furtivamente e mi volto.

«Ma perché...»

«Certo che sei un soggetto. Le hai conquistate, sono ai tuoi piedi e ti metti a fare il precisino? "No, non sono suo figlio!" Ma che ti frega? Rilassati. Guarda me!»

Mi manca. Era inaffidabile, superficiale e anche autoritario. Solo che mi faceva ridere. E mi toglieva dall'atmosfera da mammone che respiravo a casa. Mi scuoteva e anche se vivevo eternamente sul "chi va là?" succedeva sempre qualcosa di emozionante. È stato una delle poche figure maschili della mia vita. Totalmente inadeguata per me. Un modello di ciò che non sarei dovuto essere. Non era neanche necessario fare l'opposto, bastava non fare tutto quello che faceva lui. Semplice. Ecco, da mio zio ho imparato molto. Mi sono trovato così spesso in situazioni inutili, esagerate, montate ad arte dalla sua forma da commedia dell'arte, da farmi sviluppare un sesto senso per l'arrivo dei guai. Se nasceva una discussione, lui ci si tuffava dentro. Se alla posta si faceva la fila, lui era il primo a chiedere il classico: «Voglio parlare con un responsabile!» per poi tornare in fila come nulla fosse, ma con la ruota spalancata per le femmine del luogo. Se comprava un etto di prosciutto, aveva in mano il miglior prosciutto mai prodotto in Italia e al mondo. Se conosceva una donna, era prima una *Dea*, poi una *Dea di seconda classe*, poi una *Dea di periferia*, poi *una a cui piacerebbe essere una Dea*, poi finiva che aveva sempre saputo che si trattava di *una gallina, ma che voleva vedere se aveva la stoffa della Dea*.

Mi ha insegnato molto sulle distanze tra generazioni, sui baratri che ci separano. Mi ha insegnato che ormai siamo tutti in competizione, in un mondo esistenziale vissuto in orizzontale. Concorriamo tutti per gli stessi obiettivi. Padri e figli, nonni e nipoti. Mi ha regalato questa consapevolezza. E lui aveva molta voglia di insegnarmi. Però quello che ho imparato è qualcosa che non mi ha trasmesso volontariamente. Ha comunque ottenuto il suo risultato, in senso lato. Ma è come se, incaricato di insegnare disegno tecnico in una classe liceale, alla fine del programma i suoi studenti avessero tutti imparato a giocare a golf.

Tarli che restano sepolti come bulbi di fresia

Giocavo a pallanuoto. Tutti erano pazzi di Maddalena. Maddalena! Che nome evocativo. E che forme! Faceva parte della squadra femminile ed era un esemplare, quasi un prototipo di femminilità pura. C'era chi impazziva per lei. Praticamente tutti. Soltanto era timida, ingenua, e femmina, non brillava certo di una grande personalità... e questo rendeva le cose un po' complicate.

A quell'epoca facevo politica. Tutti facevano politica. Anzi, solo alcuni. Però mio fratello era tra quelli, e io ho sempre seguito mio fratello. Chi faceva politica era: a) un residuo di altri tempi nel boom della goliardia e del benessere gonfiato; b) differente in ogni caso. Distante dal mondo circostante.

Ricreazione. Arriva nel mio piano lei, Maddalena, timidissima, accompagnata dalla sorella dell'allenatore della mia squadra come fosse la madre al primo giorno di scuola della figlia in prima elementare.

«Ciao!» fa la sorella dell'allenatore con Maddalena muta accanto che si guarda le scarpe, pensando a tutto meno che alle scarpe.

Sento un gran desiderio di scomparire. Non fa bene

all'amor proprio e all'autostima la rappresentazione concreta della propria timidezza e imbranataggine. Parla sempre e solo lei. La sorella dell'allenatore.

«Abbiamo scoperto che sei vicino a noi e...» Abbiamo...

Premessa: io frequentavo un liceo scientifico noto per essere uno dei più rossi di Roma, un'istituzione dell'estrema sinistra. Comunque un liceo. Con professori che avevano un certo senso della didattica e una propria tradizione culturale e politica. Loro, un istituto di ragioneria. Un certo distacco cromosomico dalle classi liceali di livello culturale medio basso è sempre stata impressa nella mia mente, lo ammetto, anche senza scomodare categorie come il razzismo. E non ero neanche in un classico, altrimenti probabilmente il custode stesso non le avrebbe neanche fatte entrare. Quell'istituto di ragioneria era anche una fucina di quello che al tempo avevamo definito il *coatto periferico*, il target mediatico perfetto per il battage pubblicitario dei primi anni Ottanta, la fabbrica dell'uomo qualunque, il non plus ultra della mediocrità. In sintesi, cosa avrei potuto dirmi con una futura ragioniera? Questo era il pensiero di una parte della mia mente. Quella impegnata o sedicente tale. L'altra mi diceva di fare di tutto, fino alla morte, per avere Maddalena e uccidere il mostro che l'aveva rapita, perché una bellezza così di solito esiste solo nei sogni o nelle fiabe. Ma era una vocina flebile e solitaria. Sapevo già che avrebbe avuto la peggio.

«Se vuoi ci possiamo vedere, Maddalena (ne) sarebbe felice.»

Maddalena era lì, accanto a lei, ma si vedeva a metà perché era quasi totalmente coperta dal suo enorme corpo da atleta. Io, mi sembra che guardassi ovunque senza guardare da nessuna parte, palleggiandomi tra un generico fuori dalla finestra e lo sguardo matriarcale della sorella dell'allenatore, in un imbarazzo a tutt'oggi imbarazzante. Pensavo: "Devo andarmene di qui, allontanarmi, i miei compagni mi vedranno e cominceranno a farmi domande... devo scomparire, sciogliermi, liquefarmi!" e invece restavo là sperando in un luogo remoto della mia mente che accadesse qualcosa per liberarmi di tutti e fuggire su un atollo con Maddalena. Volevo far finta di non essere interessato, oppure di non conoscerle. Allungando il collo quasi casualmente lancio uno sguardo a Maddalena e lei non guardava me, ma l'amica. Le sue gambe. Il suo sedere. Come cercando riparo tra i suoi enormi e muscolosi glutei.

Era bellissima. Troppo. Dolce. Sensuale. Ma soprattutto aveva una cotta per me. L'avevo capito, e la cosa mi metteva in enorme difficoltà. Temevo la luce dei riflettori per quello che riguardava la mia intimità. Lei era semplicemente il massimo. Ma per averla avrei dovuto entrare nel cono di una luce accecante. Stridente. Non esisteva una ragazza più bella. Giocava a pallanuoto e sembrava una sirena, non era competitiva, anzi, faceva tutto con una grazia incredibile. Ed era proprio me che voleva. Il problema era che io stavo cercando di rincorrere la mia cronologia che andava a un passo più rapido della mia maturità.

Fatto sta che sono lì che guardo dalla finestra del corridoio verso il geometri appena battezzato dai collettivi studenteschi Rosa Luxemburg domandandomi quando sarebbe finita questa tortura, e se mai un giorno avrei potuto redimermi dalla figura umiliante che sto facendo e dalla disintegrazione inarrestabile della mia immagine nella mente di Maddalena… e la tipa: «Beh, se ti va vienici a trovare ok?».

In mezzo a quelle parole c'era anche qualcosa come: "Brutto coglione, la vogliono tutti, te la porto qui… ma che sei demente? Smettila di fare il superiore e raccogli la bava, imbecille. Ora ti lascio solo e se riuscirai a smetterla di comportarti come un principino frocio fammelo sapere che ti sostengo alla candidatura per il Premio Nobel della cazzonaggine…".

La rapidità non è mai stata il mio forte nelle relazioni. Ho sempre avuto bisogno di tempo, del mio tempo. Il tempo in cui dentro di noi si sviluppa una prospettiva sempre diversa da cui guardare il mondo, fino a che le risposte maturano in modo autonomo e affiorano alla superficie spontaneamente e allora non c'è bisogno di rispondere. Ma mentre penso qualcosa che ha a che fare con l'enorme groviglio intricato che intorpidisce la mia mente, in quel momento, mentre combatto tutto solo una guerra fatta di grandi spazi vuoti e inospitali che risucchiano montagne di certezze fragilissime, le due, sorella-dell'allenatore e Maddalena, scompaiono senza che io le riesca neanche a salutare.

Quando torno in classe tutti sapevano già tutto.

«Chi è quella figa?»

«Una che gioca a pallanuoto da me», dico distratto

dal rimorso che esplodeva al pensiero di quanto avrei rimuginato su questa perdita negli anni a venire.

«Porca troia, m'iscrivo anche io a pallanuoto!» «Ci si può iscrivere a pallanuoto se non sai giocare?» «Ma come si chiama?» «Che culo!»

In un attimo mi accorsi di aver bruciato tutto. In quel breve dialogo spento avevo praticamente sgonfiato un cuore pieno di amore. Avevo perso ogni speranza.

«Oh, ma l'hai lasciata andare così?»

«Se mi dai l'indirizzo, ci esco io!»

«Io una così pagherei per vedermela servire così, senza fare nulla!»

«Ma lasciatemi stare!» faccio io, ricomponendo brandelli di dignità.

Della serie, ho cose più pressanti nella mia mente, tipo chiedermi "chi sono?" e "cosa voglio?".

Era proprio così. Me lo sono domandato continuamente, anche prima di saper parlare. Crescendo, il mondo circostante mi ha fornito sempre meno suggerimenti. Qualche volta mi dico che queste sono domande che non andrebbero sollevate. Mi dico che forse dovremmo vivere e basta, come mi ripeteva una mia ex che soffriva spesso di una forma tremenda di *pavor nocturnus*. Forse sbagliamo ponendoci domande che ci incastrano e ci fanno sentire in gabbia. Sono le domande che si pongono i responsabili del marketing per farci credere che la via per essere il massimo della vita esiste e c'è qualcuno che la sta costruendo, se non la sta già percorrendo. A me allora sarebbe bastato avere la prontezza e l'istinto di vedere da solo Maddalena e baciarla e sognare e fluttuare in un universo di morbidezza e di oblio, senza sguardi indiscreti, confronti socioculturali, mediatrici pachidermiche e compagni di classe morbosi.

La sindrome del bello-timido si manifesta con una sorta di amnesia. Dimentichi di piacere. Dimentichi chi ti piace. Cosa desideri. Smetti di mirare a un qualsiasi obiettivo e ne perdi ogni traccia mnestica. Scordi tutto e ti rinchiudi in te stesso. È un disimparare che serve per evitare di confrontarti con un'immagine estetizzante maschile difficile da portare, fatta di conquiste e di seduzioni mimetizzate, di trabocchetti e di tecniche vincenti

Da piccolo credevo che l'età d'arrivo fosse 30 anni. Qualcuno mi aveva suggerito che esisteva un confine tra il nulla e il tutto. Tra la confusione e la chiarezza. Per me era l'età in cui tutti i problemi di timidezza e di *cazzonaggine* sarebbero scomparsi, in cui si sa parlare con tutti, grandi e piccoli, donne e uomini, guardandoli dritti negli occhi e si sa poi esattamente che cosa dire e che cosa volere. Era quella l'età in cui le cose sarebbero andate finalmente e naturalmente a posto, certe, quasi immutabili, vere, concrete. A quell'età non avrei mai potuto perdere un'occasione. A quell'età le occasioni si sarebbero concretizzate per il fatto di avere quell'età per cui tutto va per il verso giusto. Trent'anni sarebbero stati magia e virtù. L'apogeo del cammin di mia vita… La purezza della forza interiore. La trasparenza e la limpidezza di una forza morale. Come un ballerino di danza classica immerso in un'enorme vasca piena di latte. Da trent'anni in poi ogni gesto, ogni parola avrebbe assunto quell'armonia eterea e trascendentale che diventa mistica. A quel punto sarebbe stato il momento di raccogliere, di gustare, di assaporare e di scambiare smisurati significati che avrebbero svelato i misteri della nostra esistenza. Un po' come un grande campione sportivo a cui si domanda: «Vuole dire qualcosa per dare coraggio e speranza a chi sta iniziando oggi?» e lui serafico guardando in camera, nell'occhio collettivo, risponde: «Forza, ce l'ho fatta io, ce la potete fare anche voi!». Netto e lineare come un righello. Tranquillizzante come una pausa anglosassone per il tè alle *five p.m.* o un coffee break svedese alle quindici in punto.

Oggi ignoro dove abbiano spostato la linea di demarcazione di questo mondo. Oggi quel mondo mi è stato probabilmente scippato. È per questo che qualcuno deve pagarne lo scotto. Pagare caro e tutto. Possibilmente subito.

Penso che il sindacato debba includere anche una sezione *affari di cuore*. O meglio, un'appendice parallela che opera nel settore *amori naufragati sul nascere*. È un'operazione di sanità psicosociale, di rieducazione affettiva. Un tentativo di riappropriarci dei nostri desideri in campo sessuale, liberandoci dei miraggi indotti dal lavaggio del cervello consumistico. Credo che avrà successo. Forse troppo. Non vorrei creare un'agenzia per anime solitarie che oscuri la vera funzione del sindacato. Ma anche in quel campo ci dev'essere un torto da risanare. Compito: trovarlo.

Un raro momento in cui sembra che ci capiamo

Siamo schiavi della cronologia. Della ripetizione e della ricostruzione meticolosa. La realtà è diventata una soap-opera-reality in grande stile. Tutto è solo fatti e cronaca. Ci si preoccupa troppo di fare ricostruzioni pedisseque degli eventi. Oggi il resoconto minuzioso ha sostituito ogni riflessione. Colpa della Pop Art, direbbe Mari. Colpa della schiavitù in versione moderna, dico io.

Le discussioni vertono solo su telefonate o appuntamenti dati o persi, incontri fatti o desiderati, taglia e cuci serrato su chiunque, persone care in testa, coppie, scopate, il mondo del "cerco l'amore ma non lo trovo", in una parola: fatti. La vita è un *reality show*. Nessuno è più interessato a porsi domande su cosa possa fare di lui o lei un essere degno di stima o di rispetto, perché la stima e il rispetto li si compra a peso. Nessuno può pensare che incontrandosi con un probabile partner, in quell'incontro, l'altro, può arrivare alla conclusione che tu, sì proprio tu, sei una enorme, tronfia e spocchiosa rottura di palle e che non c'è proprio alcuna ragione per cui lui o lei debba vederti una volta ancora. L'autocritica non è più di questo mondo perché, una volta indossati i pantaloni giusti, gli occhiali più aggressivi e le scarpe più costose, per diventare perfetti basta dire le frasi indicate a pagina 35 della rivista del momento o del secolo o del millennio nel servizio su «Sai essere affascinante?» dove colui-barra-colei che si spaccia per giornalista ti dà la dritta giusta su cosa dire nelle cinque o sei situazioni tipo che possono verificarsi. E dove conclude con la postilla: «Attenzione, ogni altra evenienza è fuori target, se vi trovate fuori situazione-tipo significa che state uscendo con uno sfigato. Fuggire subito!».

Domandarsi che vita stiamo vivendo, se ce ne può essere una diversa, se l'abbiamo in mano o se ce la facciamo servire ogni mattina dalle multinazionali del benessere a bande magnetiche, no, ce lo siamo dimenticato. Questa è un'amnesia che per le generazioni future significherà assenza. Quello che noi dimentichiamo, i nostri figli non lo sapranno mai. È inesistente. Vale solo il presente che si ipertrofizza, fagocitando il futuro. Qui sta la tragedia.

Licia.

È una mia coetanea, ma da qualche anno ha fatto un deciso *U-turn* e si è messa a percorrere controcorrente il suo personale *path* esistenziale. Ci conosciamo dall'università. Abbiamo fondato insieme un collettivo studentesco che senza grandi aspettative ha continuato a vivere dopo la nostra uscita dalla facoltà ed è diventato uno dei più forti dell'ateneo. Solo, con un'identità totalmente diversa. Forse per quello - lei più di me - abbiamo deciso di smettere con l'attività politica. Pensavamo che si trattasse di una decisione migliorativa. Ma le sue scelte sono state ogni giorno in direzione della perdita di pensamento.

Un giorno, due anni fa, la incontro per caso al cinema. Il film era un cartone animato tipo *Nemo* o *l'Era Glaciale*. Ci ero andato con mio nipote.

«Ciao!» mi fa lei entusiasta di un entusiasmo che ricordavo in auge quando cantavamo tutti in coro l'LP completo di *Saturday Night Fever*.

«Ciao...», le rispondo.

«Non mi riconosci?»

L'avevo riconosciuta, ma non sapevo dove fosse andata a finire. Ognuno di noi anche se va in coma per due anni e poi si risveglia grazie al nuovo CD di Jennifer Lopez, o di Baglioni ha qualcosa di profondo che lo contraddistingue, che rimane intatto, riconoscibile.

Poi aggiunge senza lasciarmi rispondere: «E lui come si chiama?».

«Federico...», faccio io, sentendomelo avvinghiato a una gamba, e volendo aggiungere: "È mio nipote, il figlio di mio fratello".

«Uao! Un figlio... scusa scappo, ci ribecchiamo. Bella!»

Quello che mi rimane dentro è una gran voglia di dirle che se proprio voleva fare l'imitazione dell'entusiasta a stelle e strisce doveva per lo meno cambiare l'ultima vocale del suo UAO in U. Uau, cara, pronuncia di WOW, che ricorda quel liquore all'uovo...

«Perché ti ha detto bella?» mi fa mio nipote.

«Bella. Si dice così. Voi non dite così?»

«No.»

«Beh, dicono così...»
«Ma bella è per le femmine!»
«Sì ma no, non è quello che credi. Lei lo ha usato come per dire, ciao, ci rivediamo, ci siamo visti, alla prossima, è stato proprio bello vederti... bella.»
«Ti ha scambiato per una femmina?»
Mio nipote è un po' insistente. Come tutti i bambini. Devo dargli una spiegazione che sia più convincente di quella che finora ha retto per lui l'uso dell'aggettivo *bella*.
«No, sa benissimo che sono un maschio. Bella è un modo di dire. È slang, dialetto.»
«Io non mi faccio dire bella da una femmina!»
«Il suo bella significa ciao, ok?»
«Bella è per le femmine!»
«Beh, per questa volta facciamo un'eccezione. Comunque un giorno capirai che femminile e maschile non sono categorie così rigide. Ora torniamo a casa.»
Non risponde a questa mia ultima semi-battuta. Meglio, ero in difficoltà. Alla prossima obiezione credo che non ci sarebbe stato altro che fare la voce grossa. Sgridarlo. Attaccarlo. Da adulto. Da adulto medio, almeno.

Tornando a casa penso a Licia. Penso a cosa le sia accaduto. Non è un pensiero da *C'eravamo tanto amati*, o da *Italia-Germania 4 a 3*, non c'è malinconia o senso di disfatta generazionale come per *Maledetti v'amerò*, niente di tutto questo. Solo, penso a dove sia finita la sua identità. Immagino che anche le sue impronte digitali siano mutate come sembra mutata la sua essenza. Ancora no, non leggo l'energia delle persone. È qualcos'altro che voglio approfondire.

Licia era una studentessa dinamica, brillante, molto apprezzata dai professori e dai loro assistenti. Sia per la sua avvenenza che per la sua brillantezza nell'entrare facilmente nella logica della cattedra. Qualcosa di cui i professori sono molto gelosi. È l'università italiana. Un ambiente in cui è più importante il professore dei suoi studenti. È più importante un'ennesima edizione del suo manuale aggiornato in qualche virgola, del portafogli degli studenti. È importante il professore e le sue fisime. Basta adularlo e ottieni qualsiasi voto. È un mondo in cui ogni piccola fetta di potere, anche soltanto nel compilare la lista d'ordine di un esame, viene gestita con arroganza e dittatorialità. Licia sapeva illuderli. Non si preoccupava di essere fagocitata. Lei ha sempre tenuto il suo destino in mano. Dava l'impressione di avere le idee chiare senza essere maniacale o stressata. Era armonicamente in sintonia con se stessa. Ci vedevamo prevalentemente in facoltà. Nelle lezioni. Nei seminari. Nelle esperienze pratiche guidate. Facendo le cavie volontarie di esperimenti. Nelle riunioni. In assemblea. Nei cortei, sit-in o pic-nic di protesta. Nelle manifestazioni-spettacolo. Nelle azioni di disobbedienza civile. Comunque mai per puro divertimento. Ma ci bastava. Licia era stimata. Ricercata. Era molto cooperativa. Una di quelle persone che danno la sensazione di essere difficilmente sostituibili. Cosa che spesso può essere un problema. Almeno in contesti aziendali o di gruppo. Ma durante il nostro breve incontro all'uscita del cinema non c'è traccia di quello sguardo deciso, sereno e pieno di contenuti. La vedo più gassosa. Mi dà da pensare per un po'. Poi la dimentico.

La rivedo casualmente a una festa un anno fa. Una delle solite dove tutti vanno per divertirsi e conoscere gente nuova (tipo: «Dai, è un'amica che conosce un sacco di gente... apriamo il giro... conosciamo gente nuova... magari c'è l'uomo/la donna della tua vita e tu non ci sei stata/o... vieni, bevi e ti metti a cercare...») e rimangono tutto il tempo a parlare soltanto con chi conoscono, facendo un gioco di ruolo, senza spostarsi mai, dicendo il giorno dopo che era una festa noiosissima. Io sto andando via e lei arrivando. Ci salutiamo alla sua:

«Oh, bella!».

«Ciao.»

Il destino mi mette sulle sue tracce anche una settimana dopo. In una *shopping street* affollatissima, di sabato pomeriggio, mentre sto andando a curiosare a un sit-in contro una delle tante guerre di controllo dei sottosuoli stranieri a cui ci fanno partecipare con la scusa delle operazioni umanitarie.

«Oh, bella!»

«Ciao!»

«Sembra che facciamo le stesse cose.»

«Mhm? Tu fai shopping?» domando retoricamente.

«Certo. Tu no?»

«Non direi proprio...»

«Vabbè, ho capito sei indeciso», e ci guardiamo con un certo interesse. La vedo distratta.

«Sei sola?»

«Non proprio…», risponde, guardando genericamente alle sue spalle. Non vedo nessuno. Quando le chiedo se le va di vederci, vedo un piccolo bagliore di luce arancione nei suoi occhi neri. Si volta impercettibilmente alla sua sinistra, come in gesto di timidezza estrema di stampo settecentesco e poi mi guarda fisso con un'espressione quasi commossa.

«Sì!»

Penso immediatamente a qualcosa di tremendo e tragico che deve aver preceduto la nostra conversazione e che le fa sembrare questo mio invito un motivo di speranza inaspettata per il futuro. Poi annoto il suo numero di cellulare e mi eclisso.

Due giorni dopo la chiamo. Arriviamo contemporaneamente e simmetricamente al ristorante, nello stesso istante. È un bistrot in stile nordico con un menu aggiornato da una versione tipicamente svedese. Lei arriva dal lato nord, io da quello sud. Poggiamo il nostro piede destro sulla superficie del marciapiede di fronte all'entrata esattamente all'orario prefissato, le 21.00 in punto. Mai successo. Eppure la cosa non mi fa provare il piacere che mi sarei aspettato. Mentre prendiamo posto al tavolo penso stranamente che ci deve essere qualcosa nei ritardi e nelle attese che riscalda l'atmosfera e rende l'incontro più coinvolgente.

Il tavolo è in una posizione perfetta. In un angolo tra una delle grandi vetrate che danno verso l'esterno, e una parete ricoperta da quadri e litografie. Equidistante dal bagno e dalla cucina. Se dovessi annoiarmi, potrei osservare tutto il movimento nel locale. È pur sempre un esercizio interessante.

Passano pochi istanti e Licia comincia un lungo monologo. Mi parla di persone che dovrebbero far parte della sua compagnia, ma i particolari mi sfuggono. Sembra che mi aggiorni sugli sviluppi di esperimenti di biologia evolutiva sulle api sarde che abbiamo iniziato insieme e che sono andati avanti in mia assenza. Mi arriva una pioggia di nomi, di fatti e di luoghi, poi date, parole dette o capite male, di fidanzamenti o tradimenti, confessioni, segreti, e nomi, nomi, ancora nomi...

«Parli della tua compagnia?»

Mi guarda come se non esistessi. Fissa la proiezione olografica di qualcuno che lei reputa totalmente idiota.

«Sì, ma che fate come compagnia? Voglio dire, cos'è che vi contraddistingue? Perché esistete?» insisto.

«Ma sei ubriaco?»

Per fortuna arriva il cameriere e ci interrompe. Ordiniamo. Poi Licia riprende. Si direbbe che sia una lezione. Sento il dovere di ascoltarla e di capire che mi sta salendo dalle caviglie. È sempre il cameriere che, di volta in volta, interrompe il suo flusso continuo. La vedo che ogni tanto fa un movimento *fuori bolla* della testa come per ascoltare qualcosa che non è qui, la reazione di qualcuno che non è seduto al nostro tavolo. Mi guardo intorno più di una volta, ma non vedo nessuno interessato ai suoi discorsi, a noi. Licia non prende fiato. Continua. Passa così una prima mezzora e improvvisamente vedo la luce. I suoi discorsi generici, vaghi, inutili quasi, mi sembrano comprensibili, così, *out of the blue*. Capisco!

«... Capito, mi stanno facendo fuori! E tutto perché non ho un fidanzato...», conclude intanto lei, cercando la mia alleanza.

Prima di entrare in questa nuova compagnia Licia aveva due amiche intime, Sara e Elisabetta. Amiche storiche. Ma tutte e tre sono state contagiate da questa malattia. Si sono infilate in questo buco nero dell'esistenza umana. Pare che l'essere una *nuova* del gruppo assommato al fatto di non avere un fidanzato fisso all'interno dello stesso, la faccia restare un po' più a lungo del normale nel grado più basso della scala femminile, il quarto. Sembra poi che, per complicare le cose, ci si possa fidanzare con uno del gruppo soltanto se si tratta di: 1) un'esterna, 2) un'interna a un livello non inferiore al terzo.

«Ma chi l'ha detto?»

«È una regola. Conosci le regole?»

E allora le sue amiche escono con Lalla, loro traghettatrice di primo livello per le nuove. Fidanzate. A lei, invece, tocca restare in un limbo d'attesa, senza traghettatrici ma con controllori a rotazione, in compagnia anche delle *sfigate* del gruppo. Le *zitelle* a vita. Quelle che non saranno mai parte del gruppo, ma che comunque ci stanno per volontà dei maschi, per la loro utilità. Vale a dire quelle che scopano liberamente senza legarsi, tra la fine di un fidanzamento e un altro inizio. Per ritornare a frequentare liberamente le sue amiche dovrà per lo meno aspettare che si liberi un posto, resistere alla tentazione di fare sesso con qualche membro maschile, pena l'esclusione a vita dall'auspicata ascesa, e pazientare.

In una compagnia non esistono i single. Si sta insieme, sempre. La soap vuole che in un centinaio d'anni tutti abbiano fornicato con tutte. Nessuno vive tanto, e questo mantiene una sorta di equilibrio. Sanno anche loro dell'esistenza di questo tournage perverso. Ma nessuno lo vede come un circolo chiuso.

Oggi Licia però è seccata in modo speciale perché una certa Luisa, membro di primo livello che sta insieme a quel figo di Raul (con la U), è andata a fare shopping con Giorgia e Sara, neoacquisti come lei, di quarto livello, senza invitare anche lei. Si sente scavalcata dalle new entry. È stata esclusa. Però c'è qualcosa che è accaduto, chepuòcambiaredimoltolecarteintavola. Raul le ha detto che ha un bel *culo* e ora sta cercando di capire se vorrà dire che sta in classifica delle papabili nel post-Luisa, oppure se vuole soltanto sbattersela rompendo gli argini labili del controllo della compagnia e condannarla al limbo a vita. Si alza e mi chiede se ha veramente un bel culo. Io non conosco i gusti di Raul, e me lo immagino con per lo meno un tatuaggio sulla spalla che raffigura pennuti predatori con spade attorcigliate e serpenti che prendono il sole avvolti in edere multiformi. E ogni giorno il tatuaggio si gonfia tra anabolizzanti e Carnitina.

«Sì, certo il culo non è male, ma tu...»

M'interrompe con un fiume di parole. Volevo dirle che magari prima di questa sua fase di parcheggio nella normalità più omologata aveva delle qualità fuori dal comune, che forse le ha ancora e potrebbe recuperarle se solo la smettesse di imitare come un'adolescente un personaggio da fotoromanzo. È una cosa vecchia.

«Io voglio capire come mai, mentre la sua donna mi fa saltare il turno, lui mi fa queste avance. Per te si sta sfidanzando? È me che vuole? Che dici?»

«Senti, ma fidanzamenti a parte, che fate in questo gruppo?»

«Eh?»

«Che fate, vi vedete e cosa fate? Perché starci?»

«Ma che domanda è? Ci sono. È capitato.»

Poi riprende. Scopro, cercando di assaporare il mio salmone in salsa di Galletti, che Gigi... lui sì che ci sa fare. È il migliore amico di Raul. Ed è fidanzato con Laura, una delle fondatrici del gruppo. Un giorno a una festa di quelle dove la compagnia si presenta con tutti gli affiliati al completo, con membri effettivi, tangenti e saltuari, ma con pochissimi cani sciolti (quelli non devono superare una percentuale del 5%), uscita dal bagno intorno all'ora in cui tutti hanno troppo bevuto per guardarsi attorno, Gigi da dietro le ha sussurrato sulla nuca di non girarsi. Le ha appoggiato il suo oggetto sulla schiena («è moolto più alto di me, sai?») e mordendole il collo le ha strizzato virilmente il petto.

«Avete scopato?»

Mi guarda neutrale.

«Avete scopato o no? Cioè, ti piace?»

Sembra offesa.

«Ma allora non hai capito nulla? Io l'ho fatto per dimostrare a Luisa che potevo benissimo fare la troia se volevo. Non sarò come Laura, certo, lei è la numero uno, ma nessuno deve pensare che sono una suora.»

«Allora non c'hai fatto nulla!»

«Ma certo che sei scemo? Gigi è fidanzato con Laura!»
«Ho capito.» Non ho capito una mazza, invece!
«Ora però quello che è successo oggi è fuori dalle regole. Non si fa così. Ho dimostrato quello che so fare, sto qui in attesa da due mesi senza battere chiodo... mi merito qualcosa, no?»
Si interrompe e, di nuovo, sembra guardare da qualche parte al di là di questo tavolo su cui consumiamo la nostra serata. Non c'è nessuno che possa interessarle. Una coppia di sessantenni taciturna e cordiale, forse due ex-colleghi d'ufficio. Un trio di donne sui quaranta in vena di confessioni. Due coppie ventenni molto giocose. Riprende.
Sento un'altra sfilza di nomi di persone che hanno detto cose che alcuni hanno capito in un modo, ma che invece volevano dire qualcos'altro. E poi, *è ovvio, non ci si deve smentire, eh sì, no?, perché i fatti sono più importanti delle parole, e se si dice una cosa bisogna farla fino in fondo.*
«Bisogna-essere-precisi-al-mondo-scusami-vado-un-attimo-al-bagno-tu-intanto-ordina-il-dolce-ok?-torno-subito-subito. Un attimino soltanto.»
Sento i miei istinti animali a livello saturazione. Una cosa è veramente arrapante: la vuotezza. Non la stupidità che non farebbe eccitare neanche un ergastolano, ma la vuotezza. Non ci si può fare nulla. Si può passare la vita cercando di investire su parti del corpo diverse dalle gonadi, ma la biologia in certi contesti diventa predominante. Ti prende e ti attira a sé attraverso il vezzeggiativo, il nomignolo, la storpiatura decerebrata. Mentre questo

pensiero mi attraversa la vedo tornare al tavolo. Vedo i camerieri che la guardano come ipnotizzati. Effettivamente muove le anche come un transessuale. È la prima volta che lo noto. Sculetta. Saltella… zampetta.

Si siede e in quel momento mi cade una forchetta sotto al tavolo. Il nostro cameriere si getta a capofitto e la recupera. Ci mette un tempo vicino all'eternità. Risale in piedi quasi barcollando. Ebbro. Guardo Licia e faccio una battuta stupida.

«Cos'hai tra le gambe, un tempio maya?»

Mi risponde ammiccante: «Non porto le mutandine». A cui segue un risolino.

A parte la parola *mutandine* che non sentivo pronunciare dalla seconda media, mi colpisce questa eterna lotta alla seduzione.

«Spiegami qualcosa. Io che c'entro in tutto questo? Non vorrai farmi entrare nella tua compagnia?»

«Beh, no…»

«Ecco, non potremmo cenare insieme io e te soli, c'è bisogno di avere la presenza onnivora di tutti questi altri assenti?»

«Ma siamo soli, no?»

«No! Parliamo di noi. Parliamo di quello che eravamo, di ricordi, di università, di quello che hai fatto da allora. Cazzo, facciamo come si fa in questi momenti, raccontiamoci la vita!»

«Allora non hai capito nulla…», mi dice abbassando la testa e chiudendo rapidamente gli occhi con effetto-ventaglio delle ciglia che mi sa molto di invito.

«Vuoi dire che servo a uno scopo?»

Ride. Si copre la bocca. Guarda ancora da un'altra parte arrossendo. Mi sono stancato. Non c'è niente da fare. Se si è diventati alieni, si è diventati alieni. È questa la spiegazione. Punto.

«Andiamo a casa», le faccio duro.

«Ma, non ho finito di mangiare!»

«Non ne morirai. Andiamo!»

«Ma come sei ansioso, calma, prima mangiamo dai.»

«Prima di cosa?»

«… Scemo!» mi sibila mentre riprende quel suo sorrisino-posa.

Mi sento trasportato indietro come all'interno di un tunnel del tempo.

«Che t'ha detto poi Luisa quando sei stata abbordata da Gigi al cesso?»

«Non era al cesso, era davanti al cesso!»

«…»

«Ha detto che quello-non-valeva-perché-ero-brilla-e-per-dimostrare-che-so-fare-la-troia-devo-rimorchiare-uno-sconosciuto-e-baciarlo-in-un-posto-dove-mi-può-vedere-lei-o-Claudia-e-poi-magari-andarci-anche-a-letto…»

«Ora chi cazzo è 'sta Claudia?»

«Claudia è la più grande. La compagnia è nata con lei, praticamente. Te la presento?»

«?»

«Sì, ma prima baciami dai.» Si alza dalla sedia e mi prende in contropiede. Non è un bacio ma una mossa a scacchi. Perdo l'orientamento per qualche secondo. Sarà per la mia lenta trasformazione, la mia metamorfosi in atto. Sarà per il bacio, un bacio con una delle persone che ammiravo di più, che vedevo come punto d'arrivo, in possesso di qualità che tutti avrebbero dovuto desiderare. Apro gli occhi e vedo una presenza in più accanto a lei. Una sagoma. Stanno parlando. Si confidano qualcosa. Sono serie, soprattutto la sagoma. È una trattativa. Una negoziazione, quella in corso. Vedo Licia stranamente sintetica, efficace. Ha perso la sua logorrea. La sagoma medita un momento con la mano sotto al mento, guardando verso me, poi si rivolta verso Licia, le stringe la mano, accenna un abbraccio come se stesse davanti a un maratoneta madido di sudore, e poi se ne va. Non mi fila neanche di striscio.

«Grande! Grande, grande grande!» Licia è fuori di sé. «Sono al terzo! Sai che vuol dire? Ed è tutto merito tuo! Capito? Va tutto a gonfie vele. Possiamo fare tutto quello che vogliamo, il mio passaggio è stato approvato. Pensa che ha detto...», si risiede per non fare troppo caos nel ristorante e sposta la sedia accanto a me. Sussurra. «... Ha detto che possiamo anche vederci dopo stasera, che anche tu sei approvato... capito? Possiamo stare insieme! Non sei felice? Così arriviamo in testa in meno di un anno!»

Scoppio.

«Ora basta! Stai zitta, zitta!»

«Ma sei cretino? Come mi parli?»

«Devi stare zitta, ok?»

Le stringo un ginocchio e sento che sto per far esplodere la rotula e il piatto tibiale. Non emette neanche un suono di dolore. Due lacrime le scendono dagli occhi.

Non se ne va perché ha questa missione del cazzo. E io sono la cavia.

«Se devi farti sbattere per via del tuo posto in classifica allora paghi tu.» Mi alzo. «Ti aspetto in macchina, due minuti. Se vieni bene, altrimenti fottiti.»

Non sono mai stato un duro, ma il suo mondo l'ha avuta vinta su di me. Sono diventato come i suoi personaggi. La metamorfosi è completa. Sento che la mia mascella comincia a sporgere esageratamente e che mi è cresciuto quel tot di barba per riciclare un'immagine stinta di qualche pop-star in declino. Esco. Mando il cameriere, che mi fa un sorriso unto, a cagare con un: «A presto!». Ma non capisce il sarcasmo.

Sono in macchina da 30 secondi, la macchina di Marina, la *macchina scopereccia* come dice lei, e la vedo uscire. Ho già cambiato idea. Cerca di aprire la portiera, ma è chiusa. Bussa sul vetro. Ho due possibilità. Uno. Aprire quello sportello e in una manciata di minuti fare di lei tutto quello che l'istinto darwiniano può suggerirmi. Due. Accendere il motore e lasciarla al cameriere.

La prima possibilità, che scelgo, mi porta in un parcheggio. Accanto a un pullman. La prendo per i capelli e sento che è lì per essere vittima. Mi guarda strizzando leggermente gli occhi e increspando la fronte. Sembra un bambino di fronte a un raudo che tarda a esplodere. Forse si attende che le riempia l'esofago del mio pene o di una bottiglia di birra piena di liquido spermatico. Magari pretenderà di avere qualcosa da raccontare alle amiche per farsi dare altri punti e ridurre il tempo d'attesa per arrivare al vertice della compagnia. Vederla così mi irrita. Stringo sempre di più la presa sui capelli, la sua testa sembra doversi liberare dello scalpo e lei è sempre più beata, di una soddisfazione eterna. È in quel momento che mi fermo, mollo la presa e avvio il motore.

«Non dire niente. Te lo consiglio», è l'unica cosa che mi esce di bocca.

Tornando a casa non compone altri episodi della sua fiction. È silenziosa. Condiscendente. Le ho cancellato tutte le sceneggiature? La saluto senza guardarla e senza alzarmi. Prima di sbattere lo sportello mi urla:

«Fatti una sega!».

Nessuno a oggi è riuscito a spiegarmi il senso di questa frase. L'ipotesi più accreditata è che fosse una provocazione. Un modo per farmi reagire come ho reagito.

Scendo dalla macchina. La fermo sul portone. La guardo e lei si divincola. Le prendo una mano, con forza, l'avvicino a me, al mio ventre, al basso ventre. Restiamo in posizione. Fermi. In tensione. Tremiamo in questa presa contratta e ci guardiamo negli occhi. Restiamo così, in fermo immagine. Sono io che interrompo lo sforzo. La guardo. Qualcosa nel suo sguardo mi restituisce un'immagine che avevo cercato tutta la sera inutilmente. Una Licia reclusa in una Guantanamo personale. La vedo fare capolino. Una figura sfumata, come le figure dell'ultimo Perugino una volta tornato in patria, in declino. Chissà perché si è dimenticata di sé, mi domando. O chissà, se questa era la vera Licia che una volta era reclusa, oscurata da quella Licia così splendidamente libera. Fatto sta che vengo preso da un'insaziabile voglia di andare fino in fondo, dove penso di ritrovarla. La bacio. Delicatamente.

Mi chiede:

«Mi chiami domani?».

Non posso, non voglio. Ha tutta l'aria di un fidanzamento. Domani no. Un giorno, forse, chissà.

«Certo.»

Se ne va. Ma prima si volta, tira fuori qualcosa dalla borsetta e mi fa:

«Le chiavi della mia macchina. È al ristorante. Me la vai a recuperare?».

"Sono proprio diventato il protagonista della sua soap", penso arrendendomi all'evidenza.

Siamo stati insieme 8 mesi. Ho inventato milioni di scuse per non vederla tutti i giorni, per viverla come un'amante. Invece no, eravamo proprio fidanzati. Ho passato il casting di questo pappone melenso e sono stato la sua star. Le sue cosiddette amiche mi guardavano sorridenti, i maschietti non sapevano di che parlarmi. Nessuno che leggesse un quotidiano, un libro, che vedesse un film al di fuori delle megaproduzioni Hollywoodiane. Qualcuno addirittura faceva scherzi tipo farsi raccontare la fine di un romanzo che qualcuno stava leggendo per poi dirgliela così, a tradimento. *Spoilerare* un film è delittuoso, farlo con un libro è da espulsione dal pianeta Terra. La compagnia di Licia è un magma indistinto di diversità. Sembrerebbe una qualità. Sembrerebbe un sintomo di tolleranza e di accoglimento. Niente di più distante dalla realtà. Ci sei perché vieni preso dentro. Poche regole bastano. La prima è annullare la tua individualità. Accettare un sistema oscuramente verticistico. Pensavo fosse possibile organizzare delle attività. Ma non avevo capito che le attività non si organizzano, capitano.

Un giorno mi dico che sono troppo snob. Tutti gli esseri umani hanno qualcosa da dare e da dire. Mi faccio forza.

«Hai sentito della nuova legge sull'eutanasia in Olanda?» ho chiesto al famoso Raul. Osservandosi un bicipite mentre se lo spreme mi fa:

«Io quegli stronzi li ammazzerei tutti».

La nostra vita è fatta di antri protetti e distanti da sé. Buchi, rifugi antiatomici, bunker, cessi pubblici, laboratori di vivisezione, studi psichiatrici, sette religiose, cassette di sicurezza, automobili, compagnie, mode, locali, circoli sportivi, scuole private, esibizione di acquisti e di luoghi di vacanza iperaffollati. Buchi. Il buco è quello spazio interiore in cui ci rifugiamo per sfuggire al dolore dell'esistenza. È quell'angolo recondito del nostro inconscio in cui ci atrofizziamo e coviamo le emozioni più inconfessabili. Finalmente soli. È la stanza delle metamorfosi, dove un sentimento si può trasformare agilmente nel suo opposto senza esitazioni e dove si forma anche quel castello di giustificazioni e razionalizzazioni che ci conduce direttamente alla perdita di ogni contatto con il mondo reale. È il luogo dimenticato e protetto in cui ogni nostra imperfezione e difetto può vivere una vita propria senza critiche, diti puntati, disdegno, emarginazione. Lì, possiamo avere paura, possiamo tradire, combattere, disperarci. Lo possiamo fare inascoltati, soprattutto da noi stessi. Dal buco veniamo e nel buco restiamo. A vita. Qualcuno teorizzava l'eterno tentativo di ritorno al buco originario. Io teorizzo la stasi, il parcheggio. Ci restiamo a vita. Ne esce solo il nostro corpo. Lo spirito, l'inconscio, la psiche, restano rinchiusi per sempre. Solo così è possibile vivere una vita distonica e continuare a mostrare sorrisi vischiosi fino all'ultimo giorno.

Chiudere i cerchi col passato

Edicola. Tarda mattinata. Il mio giro per comprare un quotidiano e film. Vhs, dvd, copie masterizzate, cd scaricati con programmi peer-to-peer, narcotraffico dei sogni proiettabili in 16:9. Sento una presenza familiare. Una donna non molto alta, ben vestita, ben odorante. Assomiglia stranamente a una mia insegnante del liceo. Anzi, direi che è proprio lei. La certezza ce l'ho quando le sento ordinare il suo giornale, «La Repubbliga», con quel tanto di calabrese che un tempo trasformava Dante in «Dande». Lei insegnava italiano e minigonne. Il turbamento più fantastico della mia adolescenza. Si dovrebbe decidere ormai: o fa la nave scuola (almeno in ricordo dei bei tempi in cui avrebbe fatto la gioia dei miei 18 anni), o la smette di creare ulteriori fantasie su cui masturbarsi, non se ne sente davvero il bisogno!

Lei sorride sotto una capigliatura fluente e riccia colorata eccessivamente con l'henné. Mi avvicino e la respiro per un attimo. Si volta, e mi squadra. Un istante, poi ritorna in posizione con sorriso annesso. Non mi ha riconosciuto subito, no, donne così vogliono semplicemente affermare se stesse. Il diritto d'arrapare il genere maschile.

«Professoressa Stampelli!» Lo so che mi ha tremato la voce. Era un tono da mano sul pene. Si volta lentamente, quasi stupita di aver sorvolato il mio volto. Vedo un ghigno di piacere che mi fa accelerare il battito cardiaco. Penso che sto per implodere e l'unica cosa che le voglio dire è che ora che non sono più suo alunno può anche farmi vedere che segreto nasconde tra le gambe. Forse ha una Pastamatic con la forza di 1000 braccia che con un clic del comando a distanza può anche diventare bilancia, radiosveglia, miscelatore, impastatore, frullatore, affettatrice, e soprattutto tiepido ricovero per giovani soli.

«Come sei cambiato, Keat!» C'è tutto nella sua voce. Ironia, piacere, eccitazione, scherno, una nota d'interrogazione sulla coniugazione dei verbi, lassismo grammaticale, e il suo piatto forte: la mediocrità. Questa mi provoca un episodio di aritmia soffocato con un respiro eccessivo. Il mio volto violaceo colpisce più il giornalaio che lei. Indietreggio, e lei avanza. «A... a... anche tu abiti qui vicino?» Noi ci davamo del tu. Questi insegnanti di sinistra-sinistra ci hanno educato in un contesto di parità e di confidenza linguistica.

«Non lo sapevi? Ho sempre abitato qui.»

«No...» C'era da dire altro? "Ma porca miseria, prof, perché non me l'hai detto prima! Io ti sarei venuto a trovare, ti avrei portato delle pastarelle. Prof. Io stavo in prima fila, mi comprendi?" A quel punto passo dall'altra parte del declivio. Scendendo a valle da questa montagna umidiccia e impregnata dei miei desideri stratificati negli anni. Sudo. Sono madido. Gocce di liquido denso di minerali mi scendono dalle tempie, i capelli come dopo una doccia. Lei non chiede. Osserva con molta soddisfazione il mio regalo. Ma ormai sono andato.

«Scusami, devo andare.»

Mi muovo. Faccio due passi e poi mi volto.

«Credevi veramente che avessi l'animo poetico?»

Passa un treno pieno di anni. Anni carichi di alunni come me. Anni con gli stessi libri in mano a volti diversi. Anni di minigonne. Anni di pensieri assillanti. E per riconnettersi a quel lontano intervallo 1979-1984 ci mette il suo tempo. Il fatto è che io facevo sempre i temi d'attualità. Mai fatto un tema di letteratura. Mai. Si trattava di riempire solo una pagina protocollo, seppure ripiegata in due. Nei miei temi dicevo semplicemente quello che pensavo. Magari era apprezzabile, ma cosa ci azzeccava con la poesia?

«Avevi una discreta sensibilità, sì, se non ricordo male. Eri tu a sottovalutarti.»

Ricordo che all'esame di maturità il suo sorriso orgoglioso nei miei confronti si spense quando pronunciai il nome della facoltà a cui volevo iscrivermi. Sociologia. La sua poesia in frantumi. Mi avvicino, prendo confidenza.

«Io non credo di avere un animo poetico. Sono troppo ancorato alla sensualità in carne e ossa. Troppo poco spirituale. Credo che anzi le persone mi vedano come un materialista egocentrico, pratico e poco incline alla riflessione. La tua era solo fiducia, o affetto o simpatia, o altro.»

«Un po' e un po'. Altro.»

Questo non è solo un gioco, penso. Né un palleggio erotico. Né una scaramuccia. Semplicemente un dialogo. Quando mai si ha occasione di confrontarsi davvero con il proprio passato in diretta? Queste occasioni non si possono lasciare cadere. Lo so che l'interlocutore può fraintendere e lo farà certamente. Ma la vita ci serve degli *assist* che dobbiamo soltanto accompagnare in rete. Abbiamo il dovere di farci del male se possiamo. Cos'è una vita senza il dolore che deriva da un colpo ben assestato, un colpo sferrato da noi stessi?

«Posso chiederti una cosa personale?» Sono sul confine dell'equivoco.

«Beh, avanti, dai.»

Non so cosa chiederle tra: 1) Se si toccava anche lei pensando a noi che non facevamo altro davanti a quella lingerie in piena mostra e in perfetto stile, ma conosco già la risposta; 2) "Andiamo a scopare, ora?" Ma è troppo tardi. La sognavo come nave scuola; 3) "Perché l'insegnamento e non la bella di giorno? Perché la ripetizione e non l'avventura?" Perché. Ho dei perché ma non riesco a metterci una proposizione di seguito.

Perché.

«Perché?» dico poi ma non credo abbia sentito.

Il fatto è che un giorno intorno a qualche decennio fa qualcosa non ha più funzionato nel flusso che ha eternamente portato una generazione a diffondere se stessa sulla generazione successiva. Improvvisamente si è verificata un'accelerazione che ha creato un baratro incolmabile. Da una parte inebriamento e senso di immortalità, dall'altra solitudine e vuoto. Vedo nel suo sguardo quella difficoltà a capirmi. Mi vede come fossi appena uscito dalla sua classe dopo un'interrogazione con il mio solito

6/7 (sei barra sette. Una sua invenzione. Come dire, sei da 6, ma ti vorrei mettere 7). Si rassegni pure. Io non ho mai preparato un'interrogazione. La prof mi guarda. È proprio curiosa.

«Vuoi venire a prenderti una cosa da me?» e quel che segue, sarebbe proprio il buon finale di un romanzo erotico. O anche solo di un romanzo. Punto. Non si comunica che con il sesso. Sesso e violenza, e droga. E invece mi dice che deve andare via e che le aveva fatto piacere incontrarmi. Non mi dà corda. Non aspetta che le chieda di farmi provare le sue giarrettiere, neanche se desideri andare in video-chat per adulti, o fare un'esperienza di scambio di coppia, o se preferisce passare una notte a scrivermi l'inferno di «Dande» sulla schiena con una penna stilografica, visto che lo ama tanto.

Il padre della lingua italiana! Il futuro, però, ci porterà a conservare solo gerghi indistinti e sgrammaticati. Mescolanze a-etimologiche di lingue incentrate sull'inglese o sullo spagnolo o su dialetti cinesi. Oggi siamo quello che viviamo. Siamo slang. Strade semoventi. Scooteroni. Cartelloni pubblicitari parlanti. Megastore-comunità. E-mail. Crema contro le rughe e la timidezza. Carta igienica multifunzionale. Mms. Dentifricio sbiancante. Non ho ancora capito se l'idea mi terrorizzi, m'incuriosisca, o mi stimoli un desiderio di aggiornarmi. Potrei iscrivermi a un corso serale di mandarino, così, per arrivare alla vecchiaia non sentendomi troppo indietro, isolato, per capire i telegiornali del futuro…

La saluto distrattamente. E rimango a guardarla mentre cammina. So che sta sentendo i miei occhi sui suoi fianchi. Si ferma, si gira e mi sorride. Mi fa il segno di un caffè. Il resto è pura fantasia…

Film. Docufiction.

Un uomo sui 33 anni, *Keat*, cammina per strada in una città dai movimenti rapidi e automatici. Non ha una meta precisa, ma sente che qualcosa gli sta piombando addosso. I suoi pensieri non sono migliori o peggiori del solito, e l'aria frizzante del primo autunno penetra in lui come una sorta di sonda gastrica. Il pomeriggio se ne va senza che il cellulare squilli una sola volta. Nessun sms, solo sguardi rapidi tra passanti veloci. Idee di incontri fugaci. Di decine di storie ognuna incanalata nel suo binario. Il sole vuole ancora dire la sua tra le fessure sporche di edifici intaccati dallo smog e dal guano dei piccioni. *Keat* dovrebbe essere al suo desk in ufficio, nella redazione di un'agenzia di stampa famosa, a selezionare notizie e metterle on-line. Un lavoro come un altro, svolto nell'attesa dell'accredito bancario di fine mese. Un ripiego nato come tirocinio. Il primo gradino di una scala che oggi è una rovina antica. Crollata. Le sue gambe sono più agili del solito. La consapevolezza d'essere distante da tutto quello che ha significato la sua vita lo rende più leggero. Sa dove terminerà questa passeggiata, ma non sa per dove si svolgerà. I tetti sbocconcellati di S. Lorenzo. Le mura romane, graffittate di insulti sportivi. Un cavalcavia che da anni si vuole tirare giù. Una chiesa romanica circondata di cancelli minacciosamente acuminati. I tornelli all'entrata di una libreria multipiano. Le guardie davanti al Palazzo delle Esposizioni. Poi, volanti, cancelli, portoni, allarmi, telecamere. Con le giuste conoscenze, pensa, potrei rivedere il filmato intero del mio pomeriggio.

Non tornerà a casa fino a che la luce opacizzerà i contorni delle immagini che gli vengono in mente. Prima di cena. Stanco, ricoperto di un sottile strato di grigiore. Si toglie gli abiti casualmente gettandoli dove capita e si tuffa sotto la doccia. La vasca l'ha eliminata dal bagno appena preso possesso dell'appartamento. Ha bisogno di un flusso d'acqua calda interminabile, deciso e aggressivo. La mente si fa più sgombra e già sente di poter ritornare a vestire i suoi panni, quelli di un trentenne dalle idee precarie che non ha nessuna certezza se non quelle di una vita piena di emozioni fugaci. Questo è il classico momento in cui squilla il telefono, si dice. È il momento in cui qualcuno capta le nostre onde cerebrali e decide di disturbare la nostra quiete, il ritorno al corporeo. Scaccia da sé quell'idea ma c'è qualcosa, c'è qualcosa… il telefono squilla davvero!? *Keat* si affanna per la casa scivolando bagnato sul pavimento appena lavato.

«Pronto, *Keat*?» Un attimo di esitazione. La voce gli ricorda la sua ex. No, è il suo inconscio che desidera la sua telefonata, non può essere. «*Keat*, sei tu?» Non riesce a rispondere, parte di sé l'ha lasciata sotto la doccia. Gli esce uno strozzato:

«Sì».

«Tu mi dirai che sono pazza… sono Luisa.» Il silenzio si fa baratro. Luisa… lui non conosce nessuna Luisa e l'unica Luisa che conosce non l'avrebbe certo chiamato amichevolmente. «Luisa dai, non ti ricordi di me?» Un ammissione implicita e poi nulla. «Luisa Bucci. Ora ti ricordi?» Un'amica dei tempi del liceo. Di quelle che sembravano non poter mai sparire dalla propria vita. Con cui si è diviso tutto. Le prime ubriacature. Le prime cotte. I primi baci. Le prime notti in bianco. Le prime canne. Giochi. Manifestazioni. Libri. Tornei di rime. Il giro delle case. Sacchi a pelo ai concerti. Madri sorridenti e quasi preoccupate. Padri sfuggenti. Fratelli o sorelle infastiditi. Tante promesse. Tante birre. Parole, discussione, ricordi, appuntamento.

Incontro. Parole, parole, ricordi. Quanti ricordi che non faticano neanche a uscire perché si scoprono accatastati nel mesoderma!? Passeggiata, casa. Sesso. Orale. Niente altro che un breve atto sessuale. Lo scontato che si appropria d'ogni affetto. Lei che se ne va. Una fretta da ritorno in ufficio. Alle quattro di notte. Lei che confessa. Confessa di essere stata mollata dal suo amore storico. Dopo dieci lunghi anni. Confessa di avere scelto lui. Per dimenticare. Come fosse certa che non avrebbe implicato nulla. Dopo anni. Confessa che era un vecchio pallino. Che le dispiace di averlo fatto così, ma che non c'era altro modo per riprendere in mano quel pallino. Il pallino. Lui lo chiama tarlo. La guarda uscire. È preso in contropiede. Non sa più che dire. Forse, che sarebbe stato meglio non vederla. Oppure no. Pensa a cosa gli lascerà. Cosa resterà di questo revival. Si sente usato e gli piace. Vorrebbe altre prove di questo tipo. Potrebbe farlo anche lui? Pensieri. Essere richiamato da una vecchia amica solo per mettere insieme un pallino e un chiodo da scacciare. Un capriccio. Cosa resterà. Già, ma dov'era lei, in me, prima di questa notte? Cerca di capire che cosa fosse restato. Cosa. Questa invasione di sensazioni. Che differenza c'è tra un flirt occasionale con una conquista nuova e questo ritorno effimero? Vorrebbe ricavarne qualcosa da manipolare. Qualcosa che gli servisse. Avrebbe voluto dirle di lui. Della sua condizione. Della sua amarezza. Di questa ricerca che lo sta portando a lasciare quel poco che ha costruito. Poi l'intuizione. Eccolo il senso che cercava, quella visione d'insieme che latitava tra i sedimenti delle sue esperienze. Cercare i frammenti irrisolti e sospesi del passato e dargli un significato? Fare in modo che il presente si stabilizzi, dare forma al *Keat* che vegeta. Vivere nuovamente esperienze che non riescono a trovare una ragione d'essere. Tutto questo per dissacrare i propri miti e distruggerli. Farne poltiglia e ricominciare da capo. Chiudere i cerchi! Liberarsi di un passato che non passa mai e ci rimane attaccato alle spalle, e ritorna ospite indesiderato nei momenti meno opportuni. Farlo dissolvere per incanto. Annullarne il suo valore di confronto immobilizzante. Non c'è tempo, dobbiamo farlo. Ora. Trovare i veri responsabili. Cominciamo dal primo che capita, andiamo pure a caso, random. Non importa. Quello che conta è iniziare.

«Per prima cosa cercherò il mio allenatore di pallanuoto, la persona che rappresenta il primo tassello del mio tracollo psicoaffettivo! Colui che ha svilito ogni possibile idea di salvagente nella mia mente. Un uomo un macellaio. Un bue prestato allo sport. Un lancia-zoccoli a tradimento. Un terrorista prezzolato dalla FIN. È grazie a lui se ho cominciato a pensare che il talento fosse una colpa e non un dono che mi spettava. Lui sarà il primo che dovrà darmi delle spiegazioni», pensa languido, e si addormenta con il televisore sintonizzato su dieci ragazzi che discutono quasi apaticamente su chi merita tra loro di essere cacciato dall'appartamento in cui vivono segregati da appena un'ora, mentre la lavatrice sta allagando il salotto.

Largo di Torre Argentina. Libreria Feltrinelli. Passeggio tra gli scaffali alla ricerca di uno squillo di tromba. Di solito non so mai che cosa comprerò, ma esco sempre con quello che volevo.

«Ciao!»

«Ciao… ehm…»

«Isabella»

«Ah già, Isabella…»

«Sì, ricordi?»

«Ehm, il tuo nome Yogi?»

«Mhm…», mi fa in tono affermativo.

«Come ti chiamavi prima?»

«Quella è un'altra persona, non c'è più. Sono rinata e questo nome è il simbolo del traguardo raggiunto.»

«Aah…»

Per una volta che riconosco una persona alla prima, la scopro con personalità multiple o interscambiabili.

«Sai ora insegno. Perché non mi vieni a trovare?»

«Ssì, certo… vedo che ormai sei completamente implicata nello Yoga.»

«Che vuoi dire?»

Non è che non hai capito, Isabella o come ti chiami veramente, ma quando non ci piacciono certi termini diamo la possibilità agli altri di emendarsi.

Scandisco: «Vedo... che... ormai... sei... completamente...».

Non mi fa finire.

«Vedo che sei rimasto sempre molto diffidente.»

«Diffidente?»

«Lasciati andare, la tua energia è imbrigliata. Così non combini niente di buono!»

Ora, io non sono il massimo della tolleranza, certo non verrei preso come esempio di serenità interiore, però mi domando: se qui tra noi la persona con l'anima a posto è lei, non dovrei sentire un calore, una tranquillità e soprattutto una superiorità di fronte alle mie battute un po' sarcastiche?

Poi, qualcosa di curioso mi colpisce la coclea.

«Sai cos'è lo *Shanka Prakshalan*?»

«Mhm?»

«Lo *Shanka*... il lavaggio della conchiglia!»

Faccio un: «Aah» solo per non restare troppo indietro.

«È una pratica ayurvedica, serve a purificarsi e a rendere più limpida la mente. È importante per non dissiparsi in modo passivo nel proprio destino, per cercare di bruciarlo e così di sorpassarlo.»

Non ho ancora capito, ma la discussione si fa interessante. Sono sempre affascinato da chi crede profondamente in tutto ciò che per me è una perdita di tempo. Lei capisce che ne voglio sapere di più.

«... conosci la pulizia rettale?»

«Mhm?»
«Non la conosci...»
Mento.
«Sì, certo! Era in un film, non ricordo quale, questi tipi molto annoiati dalla vita, ricchi da fare schifo, si inventavano strane mode da seguire tutti insieme per riempire gli spazi vuoti di un benessere pesantissimo da sopportare. E una di queste era la pulizia rettale...», a questo punto mi rivengono in mente degli spezzoni di un film che ho realmente visto. Pezzi di un'esperienza che non riesco a mettere a fuoco riaffiorano uno dietro l'altro. Non riesco a fermarmi: «... se non ricordo male la tecnica si chiamava idrocolon-terapia. C'era questa scena in cui i cinque protagonisti andavano insieme in questo centro new age o roba simile, e si sistemavano su dei lettini speciali sistemati a stella, tutti coperti, spuntavano solo le loro teste, e i terapeuti massaggiavano le loro pance per far andare il liquido acquoso nel colon e fargli sciacquare via il materiale fecale stratificato negli anni. Poi, prima di recarsi in bagno, prima di concludere quell'esperienza di profonda pulizia collettiva, cominciavano a raccontarsi barzellette scatologiche alle quali nessuno riusciva a ridere per via dei gorgoglii intestinali e del disagio che provavano ad avere una cascata di sedimenti fecali incipiente, oltre al fatto che stando supini si vedevano l'un l'altro soltanto piegando indietro il collo, e quindi al contrario. Era molto divertente».
È inutile, sto infierendo. La vedo che guarda nel reparto Esoterismo o Medicine Alternative ma sento che

mi ha ascoltato con grande angoscia esistenziale. Mi riprendo.

«Tu hai deciso di purificarti?»

«Sento che ho bisogno di cambiare direzione, di sfuggire al mio destino e fare un percorso più spirituale. Fa parte di un cambiamento che ho iniziato da qualche anno...»

Vorrei tanto guardarle dentro la testa. Sono curioso di sapere se il suo cervello possa assomigliare al mio. Curioso e terrorizzato. Chissà se qualcuno qui dentro potrà mai pensare che io sono come lei. Continua.

«Quello che hai detto è vero, ma fa parte di un approccio ancora allo stadio iniziale. La vera purificazione non può avvenire senza auto-disintossicazione costante... per questo, per capire meglio, quest'estate non ho fatto le solite vacanze di consumo. Sono stata dal mio *vaidya*, Swami Joythimayananda, in India...»

Forse dovrei farle un applauso, o un commento ammirato, dovrei sembrare stupefatto. Perché mi guarda come se questa rivelazione sul suo viaggio in Asia dovesse mutare anche tutti i miei punti di riferimento. Alla fine prevale la mia curiosità.

«Ti sei guardata dentro.»

«Non proprio. Ho tirato fuori quello che c'era in me.»

«E cosa hai trovato?»

«I miei residui tossici. Quello che mi impediva di acquisire la totale armonia.»

«E cosa si fa con quel materiale? Si annulla in qualche modo?»

«In che senso?»

«Se quelle tossine facevano male a te, perché dovrebbero fare bene all'ambiente? Sono pur sempre l'accumulo di anni di stratificazioni... bisognerebbe annullarne l'effetto tossico anche per l'ambiente, altrimenti si è solo rimosso il problema.»

«Non capisco...»

«È semplice. Ma forse io lo rendo difficile. Quelle che tiri fuori da te sono tue tossine. Dannose per te. Giusto?»

«Più o meno.»

«Tu sei un organismo di questo mondo, quello che è dannoso per te è probabile che sia dannoso anche per altri organismi, no?»

«Ssì...»

«Quindi, se tu prendi le tue tossine e le getti nel mondo circostante, sempre secondo una visione olistica del mondo, le lasci attive, l'equilibrio energetico non cambia. Non hai annullato nulla. Hai solo compiuto un gesto egocentrico ed egoistico. Hai nascosto la polvere sotto il tappeto.»

«Quello che dici è assurdo.»

«Ma è così che accade, no? Tu prendi i tuoi residui fecali e li getti nello sciacquone, o in un contenitore che poi viene scaricato nell'ambiente, magari in una fogna che poi se tutto va bene passerà per un normale depuratore, giusto?»

«Non lo so, non me lo sono mai chiesto...»

«Appunto.»

«Ti lavano l'intestino, ma non è che ti ridanno le tue feci. Le butteranno loro. Non so dove. Francamente non mi sembra importante.»

«Ma è importante. Come fai a dire che ti pulisci dentro per tirare fuori quello che ti intossica e che ti impedisce di prendere il volo, quando poi questa zavorra la getti nell'ambiente circostante e scarichi il problema su altri organismi, anche se soltanto vegetali? Non ti sembra un po' limitato come discorso?»

«Ma no, la mia pulizia fa bene anche al mondo. Ogni organismo è parte del tutto.»

«Esatto! Ma se poi inquini il tutto con le tue sedimentazioni di feci, gli fai solo del male! Nel bilancio totale non è cambiato nulla. Non hai aiutato l'ambiente, e probabilmente neanche te stessa, visto che facendo male all'ambiente hai minato negativamente anche quella pulizia fatta con le migliori intenzioni.»

«Che vuoi dire? Che io inquinerei l'ambiente?»

«Proprio così, e anche me! Tienitele dentro l'intestino le tue feci sedimentate se non hai un metodo per annullare la loro energia negativa, capito?»

Arrivo a un picco, sul quale la mia voce sta per rompersi. Isabella è a bocca aperta. Le vedo distintamente una lacrima affacciarsi dall'occhio sinistro. È certamente una crepa leggera nella sua rocca fortificata da convinzioni aeree. Mi rendo conto che l'unico risultato sarebbe quello di farla convincere sempre di più che gli abitanti di questa terra hanno raggiunto uno stadio di sofferenza davvero insostenibile. Qualsiasi filosofia sposata per cancellare dentro di sé ogni difetto, è perfetta. Non ammette dialettica. Una lacrima fa capolino anche dall'altro occhio. Si è commossa per me. Per la mia violenza. Per la mia inconsapevolezza. Ma la scena di queste stille binoculari mi fa fare una brusca frenata.

«Beh, comunque, discorsi personali a parte, se tu ti senti meglio è un'ottima cosa. Penso che hai fatto una scelta coraggiosa.» Adesso le si forma un'espressione serena, autocompiaciuta. Le sto dando quello che vuole. Autostima. Sorride appena del sorriso di chi capisce che la tua anima è messa maluccio. Dei lucciconi nessuna traccia. Un trabocchetto.

«Senti, io dovrei andare... Vieni a trovarmi in palestra, no? Puoi imparare molto.»

«Che insegni?»

«Yoga. Massaggio ayurvedico. Meditazione. È un centro polifunzionale, puoi anche imparare a lavare la tua conchiglia da te con dei maestri di grande esperienza.»

«Tipo? Indiani?»

Non è che voglio proprio farlo, solo che voglio capire in che mani capitano i malcapitati che decidono di andare in quel centro polifunzionale.

«No, italiani. Siamo tutti giovani, ma molto avanti nel nostro percorso.»

Ho capito. Questo è un classico. Quello che mi ha sempre tenuto lontano dalle discipline orientali, nonostante qualche moto di curiosità o anche più, è la fregatura di capitare da un allievo di un allievo di un allievo di un allievo di un amico del Maestro che ora insegna la disciplina in questione proprio dove la disciplina è nata, dall'altra parte del mondo. E di solito ti capita un giovane autoctono che usa te per crescere lui. Tu servi alla sua crescita. Senza viceversa.

«Ah, capisco.»

«...», mi fa lei. I silenzi sono molto Yogi.

«Ma io non credo di essere adatto, e poi saranno tutti in uno stadio avanzato...»

«È un percorso che apre e non chiude, libera e non imprigiona in misure standard. Vedrai che sapremo aspettarti.» Sì, ho capito, hai imparato la lezione per convincere chi non pare entusiasta. Ora basta.

Ci salutiamo veloci. Se ne va senza neanche darmi il numero di telefono, ma mi dice di sfuggita dove si trova la palestra. Nel caso sfortunato, preferisce rivedermi in un luogo a lei favorevole. Vuole giocare in casa. Mi rituffo negli scaffali sempre più a caso. Alla fine ne esco con un libro che non ho mai aperto oltre la terza pagina, un capolavoro, uno di quelli senza aver letto i quali non si può partecipare a nessuna riunione di salotto. Un libro da tartina al caviale. Qualcosa di un italiano o italiana famosi, un romanzo sui buoni sentimenti o sulla sofferenza amorosa di una donna ricca e piena di qualità o forse un libro-fotocopia di un sociologo molto legato al mondo politico, non ricordo.

La vado a trovare, non la vado a trovare. Vado? Vado. No, non vado. Combatto nell'indecisione per giorni interi, pensando a che segreti possa svelarmi con le sue mani e con le sue gambe. Penso anche a tutto quello che può pronunciare con quelle labbra sensuali e decido che un giorno la andrò a visitare. Ma solo quando mi sentirò pronto. Un giorno, forse, sarò in vena di ascoltarla, di esperire accanto a lei una mia personale strada spirituale. Ma oggi proprio no. Oggi ho una pulizia *interna* da portare a termine. Oggi devo ripulire gli intestini di un'intera fascia generazionale dagli escrementi della stagnazione. Oggi devo anche eliminare i crumiri, i traditori, i falsi profeti o quelli tra noi che si sperdono in mille rivoli inconcludenti. Vale a dire quasi tutti. Me compreso. Quest'operazione sarà molto faticosa. Meglio pensarci per tempo. Evitare gli infiltrati. Un duro lavoro mi attende.

Oggi proprio no.

Il peccato originale

Marina mi chiama.

«Uh, sei tu?» faccio poco convinto. Mi sento in mezzo a tre o quattro emozioni discordi. Con una fingerei disinvoltura. Con un'altra le chiuderei il telefono in faccia simulando un disturbo sulla linea. Una terza mi suggerisce di vederla e ucciderla. L'ultima, mi indica la via che seguirò: aspettare lungo il fiume pazientemente. Tutte le cose buone o cattive prima o poi passeranno di là. È la tecnica che a lungo termine dà la massima soddisfazione, anche se proprio non ci si riesce a liberare del desiderio di vendicarsi. In quel caso, prima o poi la vendetta verrà consumata, ma in modo indolore, con una potente rivalsa morale. "Ma vaffanculo, Keat!" mi dico, con un senso di sconfitta addosso.

«Sì lo so, sono stata presa da una delle mie solite priorità. Ma lo sai che poi mi faccio sempre perdonare. Senti, ti va di venire a cena da me? Ho due persone da presentarti. Uno è Raoul, l'altra è un *caso* che potrà darti molti spunti per il tuo sindacato.»

È brutto sentirla di nuovo parlare del *mio* sindacato come non ci fosse stata la fase marinesca di infatuazione.

«Non ho smesso di pensarci. Ma di fronte a uno stop è sempre meglio prendere tempo e rifletterci su un po'. Dai, vedrai che non te ne pentirai.»

«Com'è che si chiama la tua priorità del momento?»

«Raoul.»

«Con la *U*?»

«No, con la *OU*. Ma che t'importa?»

Raoul con la *OU*. Mai che se ne trovasse uno senza un'astrusità.

«E come si chiama il *caso*?»

«Marina, come me. Pensa, potrai finalmente studiare una Marina senza che ti cacci di casa lanciandoti bottiglie di *falanghina* vuote.»

«Eccitante. Posso chiederti da quale vivaio l'hai tirata fuori?»

«No, non ti dico proprio nulla. Devi scoprire tutto tu. O vieni o t'attacchi, come al solito.»

Come al solito vado, perché la mia curiosità è eternamente più pressante del mio scetticismo o del mio eventuale rancore nei confronti di Marina. Ho solo timore che questa nuova Marina, Marina due, provenga da uno dei vivai di Marina, Marina uno. Intendo una delle risorse migliori di Marina uno nei periodi di goliardia: quella di presentarti, quasi ne avesse una disponibilità illimitata, amiche facilmente pronte ai flirt senza coinvolgimento. Ma ora no. Ora sono in una fase di ricerca. Ho bisogno di parole. Di scambi. Necessito di alimenti per il cervello. Voglio discussioni serie e magari noiose. No. Non necessariamente noiose. Appunti. Ecco, ho bisogno di elementi che servano a creare le fondamenta del sindacato.

Arrivo puntuale. Suono il campanello e immediatamente sento qualcosa che cola dal mio dito indice, simile a una sostanza gelatinosa che mi avvolge la falange in un viluppo morbido e sensuale e mi fa fremere dal desiderio di entrare subito e conoscere Raoul. Resto perplesso a guardare il mio indice della mano destra, mentre lo sfrego lentamente sul pollice, lo odoro in cerca di qualcosa e poi mi scuoto da questa forma allucinatoria che non provavo da quando ho ingerito una mezza *micropunta* esattamente otto anni fa, intorno a febbraio, quasi come regalo di compleanno. Mi apre Marina e la mia delusione è pari soltanto all'intenso calore umano che sento entrando in casa sua. Un tepore nuovo. Quasi una forma di incidente, come le fosse caduto un barattolo di acquaragia per terra e l'odore non riuscisse proprio ad andare via nonostante i vari tentativi.

«Sei sola?»

«Sì, sei il primo.»

«Che hai fatto alla tua casa?»

«Niente, perché?»

«C'è un'aria... c'è qualcosa, non saprei cosa... si sente...»

«Che sono innamorata?»

«Beh... non ci avevo... diciamo che potrebbe essere questo.» Come fingo male. Come non ho mai imparato a dire una cosa così anche per non impantanarmi! Non è la Marina che conosco questa davanti a me, mi dico mentre mi versa un bel bicchiere di Falanga e facciamo un brindisi come ai vecchi tempi, sguardo fisso l'uno negli occhi dell'altro per evitare la *sfiga* dell'astinenza, pensiero di ognuno rivolto al compito più importante del momento e giù tutto in un sorso solo.

«Non sei cambiata tanto!» affermo sarcastico.

Lei mi prende letteralmente.

«Davvero? Questa è la cosa più bella che potevi dirmi! Mi sento sempre così fluida quando mi fidanzo, mi sembra sempre di assumere su di me missioni che anche se possibili richiederebbero qualche generazione di tempo per essere soltanto impostate.»

«Non c'è missione qui?»

«Beh, no, lui è giusto quello di cui ho bisogno adesso. Dopo l'ultima storia, dico. È finito il tempo degli uomini-prigione. Quelli che a forza di sguardi e grugniti, in pochi anni ti fanno il deserto attorno. Gli ipergelosi. I tesi. Gli imbalsamati. Raoul ama il genere umano. Per me è una novità bellissima. A volte ho paura di poter diventare gelosa io!»

Adesso sono veramente curioso.

«Dai, fuori la sorpresa, su. Confessa che l'hai fatto venire più tardi per prepararti il terreno», le dico con le gambe che si muovono nervosamente come quando ero piccolo e mio nonno rideva dei miei movimenti quasi involontari.

«Neanche per idea! Io lo volevo per primo, in questi casi l'impatto immediato, senza mediazioni è la cosa migliore. Però, lo sai che la tua opinione è importantissima ma non decisiva. Almeno a breve termine.»

È vero, alla lunga quando uno dei suoi fidanzati mi risulta inappropriato, la sua storia finisce sempre malissimo. Ma queste conferme sono poco rilevanti. Tutte le storie finiscono. E non ne conosco una che sia finita bene. *Ça va sans dire*.

Mi sento sedotto dall'idea di un uomo che sia diverso. Diverso dagli altri che tendevano a rinchiudere Marina in un eremo e ad allontanarla da me, dai suoi amici, da tutto il mondo. Dev'essere diverso davvero, sì perché, questo ha comunque avuto l'effetto di allontanare Marina da tutti noi, solo che nessuno se n'è accorto. Dev'essere un uomo-villaggio turistico o un uomo-caicco oppure un uomo-comunità di recupero. No, mi piace di più l'idea dell'uomo-rebus. Qualcosa mi distoglie dai pensieri.

«... è Raoul, Keat.»

Riprendo coscienza del presente. Vedo due occhi liquidi di un colore cangiante tra il giallo zafferano e il marrone chiaro borsa di Tolfa che mi chiamano a sé e dai cui esce una parola soffice come un enorme orso di peluche:

«Piacere».

Ma cosa avrà di tanto speciale? Mi domando, mentre rispondo istintivamente: «Piacere...», e ci stringiamo le mani.

Lo studio. Sento che qualcosa in me si sta trasformando. Percepisco distintamente me stesso mentre sorrido deliziosamente ammaliato da Raoul, che si fa chiamare Ra da Marina. Anzi Raa... con una bella e flessuosa seconda *a* che si appoggia alla prima e che la allunga producendo un suono tra la gola e il naso da telefono erotico. Subito dietro di lui c'è Marina, Marina due. Lei al contrario appartiene a questo mondo. Niente alone attorno. Niente fluide visioni. È concreta. Anche troppo, forse. Una nuance di radicamento rigido. Ha un'aria ferma e sicura. Per sé e forse anche per qualcun altro. Una coetanea, o quasi, dai capelli lunghi e ricci, castano scuro. Occhi tondi e determinati, neri. Un naso proporzionato che ha deciso di non rimanere impresso al prossimo. Una bocca senza o quasi il labbro superiore. Denti bianchissimi, con un canino, a destra, la mia destra, la sua sinistra, storto. Mi stringe la mano con un palmo asciutto e caldo che provoca subito un accesso di sudorazione nel mio. Ha una stretta decisa e routinaria. Due scosse. Mi verrebbe di chiederle: "Possiamo ripetere?" così, tanto per vedere se è di quelle persone che ogni volta scuotono le mani sempre due volte, ogni volta, sia che ti conoscono da un minuto che da una vita. Due scosse. Alto-basso, alto-basso. Stop.

«Piacere Marina.»

Sto per dire: "Ah, come la *mia* Marina!" ma fortunatamente la mia vena da gaffeur è sottotono, oggi. E pensare che ne avrei fatte due insieme!

«Posso chiamarti Marina due? Scherzo. Io sono Keat.»

Sono venuti insieme. Ora capisco. Marina uno l'ha conosciuta grazie a Raoul. Una sua amica. Dev'essere un'amicizia veramente speciale se facciamo questa cena a quattro, "la coppia-finalmente" come dice Marina, e i due amici a supporto. Non so se quello che voleva offrirmi come stimolo fosse una sorta di simulazione di assurdità moderna, un assaggio di relazioni scriteriate, con costellazioni di intrecci che arrivano fino al quarto grado di separazione...

Raoul. Madre spagnola e padre italiano. Separati. È il secondo di due maschi. Ha pochi ricordi della sua infanzia, tutti intrisi di una forma di scolorimento grave. E anche quelli non li racconta con piacere. Raccontare il proprio passato non è poi così interessante se quel passato non è poi così interessante. In quei casi è sempre meglio tacere. Continuo a osservarlo. A tutti piace piacere. Lui però è l'arte nel genere. L'estremo. Il superlativo iperreale. La sua idea, il concetto della sola sua presenza futura crea una forma eterea di ammaliamento che lo anticipa. Non riesco ancora a cogliere il senso. Deve avere un istinto che gli accende il meccanismo adatto. Potrei vederlo finto o costruito. Ma l'ipotesi che mi viene in mente è che ha soltanto intrapreso un destino pesante. Sedurre il mondo intero. Marina non sta nella pelle. Vuole sapere la mia opinione.

«Mi dai una mano in cucina?»

L'invito arriva nel momento sbagliato, perché stavo ritornando su Marina due, colei che dovrebbe nascondere non so cosa di utile per me e le mie ricerche sul sindacato.

«Hai proprio bisogno di me?»

«Ti devo parlare, ok?»

"Dai, non facciamo cinema di cassetta, non recitiamo come in una fiction di successo in due puntate, magari in costume!" penso, ma non lo dico. Però non amo questa mania dell'intimità sbandierata davanti a tutti. Titolo: Noi due stiamo andando di là a parlare. C'è un problema. Oppure: Vogliamo sparlare di voi. Se uno ha da dire qualcosa a qualcuno in privato che sia per lo meno in grado di non farsi notare dal resto del mondo. Comunque sia, andiamo in cucina.

«Vuoi che ti lavi i piatti prima di avere mangiato?»

«Senti, devi sapere che Raoul è una persona molto sfortunata. Ha perso i genitori, è solo, è stato cresciuto dal nonno e la nonna che sono morti in una rapina proprio come è capitato a Peter Parker. Insomma, la sua infanzia e anche il suo presente da trentenne fanno cagare. Ci sono solo io. Ha solo me. Ecco, volevo che mi aiutassi a farlo sentire a suo agio. Tutto qui.» Sento un campanello d'allarme. Se è tutto vero, adesso sono io che avrò problemi di "agio". Faccio un tentativo.

«C'è qualcos'altro o a mezzanotte mi dirai anche che è una ex-Miss operata?»

«Scherzavo, dai. Come ti sembra?»

«Uhm...», ci penso qualche secondo. «Direi, incline.»

«Come?»

«È come se vivesse in un piano eternamente inclinato. Si protende verso gli altri in modo innaturale.»

«Ok, quando avrai elaborato un pensiero comprensibile, me lo dici, va bene?»

Per fortuna ci conosciamo da anni, altrimenti saremmo sempre alle coltellate.

«Ma è comprensibile! Non mi sembra sereno. Ho l'impressione che tu gli servi come un masso che si mette sotto le ruote di una macchina parcheggiata su una salita un po' troppo ripida. Hai presente?»

«Ah, bell'immagine. Sei fortunato che io non sia affetta da *fitnessismo* o da *somatoplastificazione*, cioè nella media.»

«Perché?»

«Perché altrimenti penserei che mi trovi molto ingrassata e la serata tua, mia e di Raoul, sarebbe finita qui.»

«Ma tu sei sana… E hai dimenticato Marina due!»

«Appunto. Quindi il masso parlante ti dice di prendere quel vassoio e di portarlo di là, così intanto mangiamo l'antipasto. A proposito. Salmone. Quello che piace a te! Ah, non ho dimenticato Marina due, lei è su un altro pianeta. Te ne accorgerai.»

Non è che urliamo, ma ci si sente. In quel momento entra Raoul. Ci vede e non sa proprio cosa dire. Realizzo in un lampo che Raoul non ha un pensiero autonomo. Non riesco però a capire in che misura non mi piaccia questa cosa.

«La cena sta partendo Ra(a), aiutami a portare l'acqua e il vino.»

Lui non si muove e sorride. Noi gli sfiliamo accanto e mentre sento Marina che riprende la sua aria da innamorata acuta, sono investito da un effluvio denso che assomiglia più a un massaggio dell'anima, se mai ne ho posseduta una. Portiamo tutto a tavola. Marina due sembra a suo agio. Sola. Raoul ritarda. Marina uno mi fa segno che andrà in cucina a prenderlo. È anche timido? C'è qualcosa, qualcosa… resto con Marina due. Il mio studio prende il via.

«Da quanto vi conoscete tu e Raoul?»

Mi guarda con un'espressione compresa come se stesse effettuando una TAC in cerca di corpi estranei dentro di me. Poi si rilassa. Non contengo alieni, evidentemente.

«Dalla nascita direi.»

«Avete fatto il liceo insieme?»

«Dalla nascita. Proprio dalla nascita.»

Si direbbe che sia lei a studiare me. Mi risponde sottintendendo che pensa che io conosca già le risposte. Oppure no. Mi risponde come se fare domande fosse una forma di *flirting* poco originale, visto che siamo soli per qualche istante e poi arriverà la coppia del secolo.

«Come li vedi insieme?» le chiedo distrattamente mentre in realtà attiro la sua attenzione sul gesto con cui stappo la bottiglia di vino e riempio soltanto i nostri due bicchieri.

«Sono astemia, grazie». Mi fermo. Lei prende il bicchiere. «Bevo solo acqua. Ma nel mio bicchiere c'è del vino…», lo svuota in un sorso. «… Ah, ora posso bere acqua», dice versandosi dell'acqua.

Il silenzio cala come un sole d'inverno. La osservo guardando altrove. Mi sintonizzo verso la cucina ma non si sente nulla, mentre il tempo passa e la cena non inizia. Reggere il moccolo può andare bene, ma soltanto quando si tratta di due persone che devono ancora iniziare una storia.

"Quando si sta in coppia, sarebbe buona creanza", mi dico, "fare in modo che gli invitati single, non stiano troppo", qualcosa mi tocca l'avambraccio, "ad aspettare i comodi o gli scambi d'intimità della coppia", è Marina due che mi sta parlando.

«… Andiamo a vedere insieme se la cena è saltata, ti va? Così non mi prendo la responsabilità di questa mania d'impicciarsi dei fatti degli altri.»

«Ok.»

In quell'esatto momento Raoul esce dalla cucina. Marina uno ha la fissazione delle originalità. Ultimamente ha sostituito la porta scorrevole della cucina con una porta battente in legno da saloon. Dice che è più calda.

«Non vi piace l'antipasto?» lancia *dispiaciuterrimo* Raa, vedendo il piatto di portata esattamente nello stato in cui l'aveva portato a tavola.

Infilo istintivamente una tartina al salmone con burro e fettina sottilissima di limone in bocca, mastico anche un piccolo ciuffo di prezzemolo che serviva solo da guarnizione, e che ho sempre detestato crudo e faccio il tipico «mhm!» di chi gode mangiando, o sta morendo strozzato. «Io adoro il salmone, è una delle mie droghe papillari», dico cercando di non inciampare troppo sulle consonanti dentali.

«Me l'ha detto Mar, per questo le ho preparate. Salmone e pomodori secchi.»

Guardo istintivamente Marina due. Capisce che ho intuito che i pomodori secchi sarebbero la sua droga papillare. È un uomo perfetto. Provo un senso di nausea che affogo con un sorso di Falanga ormai tiepida. La serata si fa difficile.

«Grazie. Buo...», non riesco a deglutire.

«... nissimo, Ruli, ottimo, davvero. Dov'è Marina?» fa Marina due completando la mia frase restata a mezz'asta.

«Ora arriva. È di là. Un'altra bottiglia di vino più fredda, o ghiaccio?»

Sta guardando proprio me. Ho la lingua incollata al palato. Marina due risponde ancora una volta per me.

«Grazie. Ghiaccio. Ma chiama Marina, vuoi?»

Raoul-Ruli-Ra(a) se ne torna radioso e devoto in cucina con l'espressione di chi sta ripetendo mentalmente quello che dovrà dire a Marina uno, il masso. Non è così vuoto e imbelle, sono io che non sopporto il genere umano. Non sopporto chi sembra volere bene a tutti e si dimostra ben disposto. Non mi va giù che ci sia qualcuno che non sta attento a non pronunciare quelle frasi che si ascoltano sempre e invariabilmente sulle bocche dei protagonisti delle fiction TV, quelle che fanno dei loro ideatori e scrittori sicuri autori e scrittori di fiction di successo. Non sopporto chi vuole anticipare i tuoi desideri per soddisfarli prima che tu li abbia chiari in testa. Ecco, ho capito. Raoul è mellifluo, viscido, appiccicoso, nauseabondo. Vive la tragedia della fratellanza universale. Marina sentirà di avere un genio accanto. A volte chi ti ubbidisce prontamente, quasi in tempo reale, anzi, facendo un attimo prima quello che tu gli chiederesti un attimo dopo, beh, sembra intelligente, sveglio. È in realtà solo una pessima imitazione di Homo Sapiens Sapiens. Invece di conquistare la coscienza di sé, conquista la coscienza di te. Insopportabile.

«Ma tu…»

«Sì, è un po' eccessivo. Ma è una persona in gamba», mi fa Marina due.

«È un vizio di famiglia anticipare i pensieri degli altri?»

«Non siamo parenti. Per lui sono come la sua parte psico-statica.»

«Beh, adesso ha Marina. Marina Uno. Bella cosa scegliersi la sostituta-àncora con lo stesso nome dell'originale. Utile.»

«Marina uno non è ancora una certezza. Per il momento gli serve ancora il mio sostegno.»

Chissà se Marina sospetta tutto questo. Chissà se è proprio questo che voleva farmi studiare. Non credo proprio. Ora per solidarietà dovrei andarmene, portarmi via l'àncora di Raoul, lasciare Marina al suo destino. Ma ho paura. Sì, non mi fido di questo orgoglio schizoide, lo Schizo-Pride.

«Dimmi che è la prima volta che uscite insieme con Marina, tu e Raoul.»

«...»

Non è la prima volta. È solo la prima volta che ci sono anche io.

«Da quanto va avanti questa storia?»

«Senti, ma tu sai tutto? Non credo. Allora smettila di giudicare.»

Colpito, affondato. Il silenzio scende come un boccone di patate lesse e mollica di pane. Lento e pesante. Ingoio lentamente altre due *mini slice* di salmone senza tartina per cedere al mio bisogno di capitolare ai piaceri evitando la difficoltà di deglutizione. Marina due è più insofferente di me. Siamo in una situazione piuttosto standard. Ogni abitante del mondo non riesce a vivere la propria vita autonomamente senza crearsi l'illusione di manovrare il timone di un'enorme arca sulla quale fa salire esemplari di tutti gli esseri viventi di cui sente la necessità della vicinanza. Li accoglie come fossero invitati a una grigliata in riva al mare e poi, surprise!, si ritrovano tutti a galleggiare a stento in un oceano in tempesta, sotto il personale diluvio universale dell'invitato. Si chiama scaricare le proprie responsabilità. Sembra impossibile assumersi il peso o la leggerezza delle proprie scelte, o delle proprie parole. È una prassi ormai in disuso. Basta guardare chi ci governa. Quando è stata l'ultima volta che qualcuno ha affermato: «Sì, ho detto proprio questo! Confermo!» dopo aver letto la trascrizione di una sua intervista con un giornalista? "Adattamenti" giornalistici a parte, non ricordo che sia accaduto molto spesso.

La cena passa come una raspa sul dorso di una lumaca. Senza fare rumore, ma lasciando i suoi segni. Dopo il secondo, vado in bagno. Non ne posso più. Il mio studio fa acqua da tutte le parti. Avevo bisogno di venire qui per capire che siamo diventati asociali e spauriti, che ci attacchiamo alla prima isola che vediamo, o che spariamo al primo che ci si avvicina affibbiandogli tutte le nefandezze della Via Lattea? Quando torno Raoul non c'è più.

«Era finito il vino. È andato a prendere una bottiglia. Non è carino?» dice Marina.

Prendo un respiro profondo.

«Senti Marina io ti voglio bene, tu fai quello che vuoi, ma io questo rapporto con Raoul lo sento un po' soffocante.»

«Beh, ti ringrazio. Ma per me invece è aria pura», risponde serena. Ha solo un sintomo che non le avevo mai visto prima. Una sorta di preoccupazione. Meno. Il segno di qualcosa che assomiglia a un leggero loop nei pensieri, una panne che le fa sorgere domande implose che traspaiono attraverso le dita incrociate delle sue mani. Raoul tarda. Perché?

Passa un'ora buona e Raoul non torna, sospetto che

non tornerà più. Ora che ha Marina al quadrato probabilmente si sente libero di applicare la sua strategia di seduzione-autoaffermazione con ogni essere umano incontrato per la strada. Sarà dura aspettarlo, è venerdì, siamo in centro storico... In fondo una donna che s'impegna a legarsi o soltanto a frequentare un uomo così è destinata a sentire la sua mancanza. Anche in sua presenza. Mi scuoto.

«Mari, prendila con filosofia, avresti solo problemi. Perché cercarti un moltiplicatore di fisime? Come fai a comunicare con uno che ogni momento ha qualcosa da fare per farsi bello agli occhi di tutto il mondo? Non potresti mai stare da sola con lui, si porta con sé generazioni di famiglie complessate.»

Silenzio.

Preferisco mettere in atto una ritirata silenziosa. Di solito ci diciamo tutto in faccia, ma quel giorno Marina si sentiva troppo in imbarazzo. Esco, prendo con me Marina due, la porto in macchina, sempre la macchina di Marina uno, e le propongo di farci una bevuta alla salute delle amiche in cerca di rapporti perfetti e degli amici che hanno bisogno delle amiche come forma di sostegno unidirezionale. Ci pensa lei a riportarmi sul pianeta Terra.

«Tu hai un difetto enorme: sembra che hai vissuto per tutta la vita in un labirinto!»

Non ho capito. Non glielo nascondo. «Mi spiego meglio. Sei sempre alla ricerca di una via d'uscita.»

Questa volta tento di far finta di non esistere ma mi viene da ridere. La situazione è assurda. È assurdo che io trovi sempre un motivo per non mandare a cagare tutti coloro che mi attaccano come fossi un ex-ustascia croato. Dev'essere quell'immagine che conservo di mio padre e che spesso mi riaffiora alla superficie della coscienza, forse, se non suona troppo banale. Lui che mi urla contro che è stufo di sentirsi dire che è aggressivo e mi aggredisce con un volume di voce inaudito, di quei volumi che i vicini normalmente scambierebbero per il prodromo di un omicidio, se non fosse che siamo in campagna, a casa sua. In macchina sua. Due minuti dopo che sua moglie gli ha detto che è sempre stato troppo aggressivo, con quel suo tono di voce roboante ed eccessivo, e lui a dire che quella voce è la sua voce. Che non si può trasformare una voce potente in una vocina da castrato. Sì, però la si può modulare, risponde lei, e se uno parla sempre a voce alta e rimbombante rompe i timpani, oltre ai coglioni, e sotto sotto è un autoritario violento e dittatoriale. In una parola, aggressivo. Poi arrivo io, che aggredito dalla sua volgarità scatologica gli dico che è aggressivo. Così, semplice. Ma lui la prende come un'ennesima conferma del suo momento di crisi d'influenza. E sbotta. Con me si sente autorizzato a sbottare. Sono suo figlio. Si può dare in escandescenze con un figlio, no? Soprattutto se non ha la prontezza di uscire dalla macchina e dargli fuoco. Dev'essere questa immagine che ora mi fa sorridere.

«Che ti ridi?»

«Niente...»

«Mi ridi in faccia e non è niente?»

Mi ammutolisco in attesa degli ultimi metri che ci

separano da casa sua, dove la lascerò sollevato ma senza aver ancora trovato quel qualcosa che avrei dovuto trovare in lei. Probabilmente Marina uno voleva solo una conferma. Oppure voleva che me la portassi via. Forse Raoul ha capito tutto e si è defilato prima che questo potesse accadere. Cosa sarà mai successo in questi giorni mentre ero concentrato sul mio sogno sconsiderato? Arrivo sotto casa di Marina due. Mi fermo e non spengo il motore.

«Non sali?»

«Mah...»

«Non sei abituato a una persona in carne ed ossa? Cos'è, di solito alle donne glielo ordina il medico di famiglia di uscire con te? Beh, io vado su. Fai presto, se vuoi, a quest'ora da sola mi addormento velocemente.»

Rimango di stucco. Tutta questa violenza verbale che va tanto di moda... mi sento come un pungiball in casa di Mike Tyson il giorno del suo ennesimo ritorno sul ring per pagare i debiti finito in una figuraccia. L'ennesima. Forse le piaccio. È un suo modo per dirmi che potrebbe esserci qualcosa tra me, l'amico single e irrequieto di Marina-masso, e lei, Marina-punto-di-riferimento, l'amica sostegno dell'uomo che vive in uno stretto tubo di acciaio infilato nell'area limbica del mondo. Il suo è un modo *cool* di dirmi che c'è qualcosa. Sì, ammettiamolo pure. Ma cos'è che dovrebbe arricchire le mie statistiche?

«Scherzavo, se vuoi bere una cosa e basta ok, altrimenti, buonanotte.»

Non dico di no. Nessuno direbbe di no nelle mie condizioni. Devo studiare il mio caso. Poi ho un sospetto. Ascensore. Portone semichiuso. Soggiorno. Ecco, qui vorrei fermarmi un momento. L'odore d'incenso non è propriamente quello che crea l'atmosfera da "beviamo qualcosa ma non ti mettere strane idee in testa." Musica di sottofondo. La conosco, è la colonna sonora di *C'era una volta in America*. Triste.

«Non direi, è più malinconica!» fa lei da una stanza distante. L'ho detto o l'ho pensato? Sempre questi dubbi in testa.

«Mettiti comodo, io mi cambio che è tutto il giorno che sono con questi vestiti addosso.»

«Fai pure, do un'occhiata alla tua libreria!» le lancio teatralmente. Volumi di fotografi famosi. Cataloghi di mostre. Interviste a pop star. Monografie. Dizionari. Non vedo romanzi.

«I romanzi sono in corridoio. Qui ho solo i volumi, per così dire, estetici.»

Prevenzione. Si chiama anticipare le mosse del tuo interlocutore. Probabilmente lavora come venditrice o come promoter.

«Sono tutti regali. Sai, presentazioni, convegni, inaugurazioni di mostre o cerimonie di scopertura di monumenti appena restaurati, acquisizione di opere d'arte nuove, recupero di quelle rubate… si chiama Pubbliche Relazioni», e mi fa sentire le maiuscole delle due parole che definiscono il suo lavoro. Mi domando se esista in lei una qualche forma primordiale di dialogo. Tipo, io dico una frase tutta intera e lei risponde dopo che ho finito seguendo un minimo filo logico comune. E viceversa.

«Tu hai tutto questo tempo? Io no. Ho imparato a sintetizzare. Si perde tanto di quel tempo in lungaggini, quando con la semplicità si otterrebbe tutto e molto prima. Non sei d'accordo?»

Balbetto. Lei sorride. Poi si piega su se stessa con lo sguardo nel vuoto, tirato, sedendosi sul divano davanti alla libreria. Riesce a cambiare timbro emotivo a ogni frase. Quasi fosse su una zattera galleggiante in mare aperto.

«Tu hai mai amato una persona al punto da volerti suicidare quando ti ha lasciato?» mi chiede a bruciapelo. Sta per aprirsi un cratere? «Ieri ho tentato di gettarmi dalla finestra. Poi ha suonato il telefono, allora ho desistito.» Ho voglia di ridere. Il telefono! Uno si butta di sotto e che fa, risponde al telefono? Sorrido in un modo che vela lievemente una risata crassa. L'unico pensiero che mi fa tenere unito è lo studio. Sto studiando, mi ripeto mentalmente. «Era lui che da sotto il palazzo mi pregava di non farlo», aggiunge alzandosi di scatto. Prende il bicchiere e lo riempie di vino rosso. Lo ingolla. Poi si gira verso di me. «Ti ho spaventato?»

No, vorrei dire, non ho creduto neanche un po' a questa storia. Tu sei una barzelletta che non fa ridere. Sei come un comico che litiga con il pubblico perché non riesce a capire il suo humour. Sei sadica e giochi senza lasciare che gli altri partecipino. Adesso che ci penso anche io sono così, siamo tutti così e ce ne vantiamo. Ma prevale il mio atteggiamento da osservatore neutrale. Tasto il terreno.

«L'hai detto a Raoul?»

«Cosa?»

«Il suicidio… l'amore…»

«Ma di quale suicidio parli? Tu non senti caldo?» Si alza sul ventre la maglietta già di per sé molto striminzita e fa la scena di chi cerca refrigerio in un bicchiere, vuoto. Poi riprende. «Sei mai stato a letto con una sieropositiva?»

«No. Sei sieropositiva?»

«Aah, beccato. Allora vuoi venire a letto con me!»

«Ma no!»

«Sì, certo. Mai che uno di voi ammettesse…» Si alza e se ne va in bagno. Torna alla carica. Mi si siede vicino. Sussurra: «Se vuoi, posso realizzare la tua fantasia erotica più incoffessabile. Quello che vuoi. Sono a tua completa disposizione».

Bene, ora ho tutti gli elementi, penso inconsapevole, e allora mi lascio andare. Inconsapevole.

«Generosa! Lo fai per divertimento? Per testarti, per cercare qualcosa? Vuoi un'idea eccitante? Tagliati un dito, spediscilo ai tuoi e simula un rapimento per farti dare un bel po' di soldi. Se devi fare la folle, così *per essere te stessa fino in fondo*, allora devi essere anche radicale e oltranzista. Questo magma di aggressività para-anarcoide fa pena. L'orgoglio delle proprie tragedie, anche se inventate, è penoso. Va di moda. Ma non cambia la situazione. Fa pena… è…»

Mi fermo perché lei si sta avvicinando e mi guarda con una certa voglia. Si dev'essere eccitata per la mia ramanzina. Deve aver scambiato la mia isteria per passione.

«Come ti senti?» le chiedo.

«Incline.»

La fusione si fa totale. Ho un'illuminazione. Raoul e Marina due sono la stessa persona. Sono nati lo stesso giorno. Dallo stesso ventre. Gemelli siamesi. Staccati e mai separati. Magari vissuti in due famiglie adottive differenti come esperimento a lungo termine sulla trasmissione genetica dei caratteri che determinano la capacità di essere sempre stupefacenti, o quella di sfuggire ai giudizi inventandosi un'identità a seconda di come ti gira. Voglio evitare ogni parola. Ho già detto troppo. Lei si fa più vicina. Ansima. Si struscia. Lancia occhiate ai miei pantaloni. Forse spera che si slaccino da soli. Poi mi guarda.

«Vuoi restare a dormire qui?»

Cos'è, un fidanzamento? Sembravamo due persone incompatibili e ora stiamo forse per consultare le brochure di un villaggio vacanze in montagna per programmare una settimana bianca insieme?

«Che differenza c'è tra te e Raoul, a parte i caratteri sessuali secondari?»

«Nessuna. Facciamo tutto in coppia. Si fidanza lui. Mi fidanzo io. Si sfidanza lui. Mi sfidanzo io. Piange lui, piango io. Se lui si prende un raffreddore in Ucraina, io starnutisco in Madagascar. Abbiamo fatto un patto. Anni fa. Ci siamo uniti. Abbiamo messo insieme le nostre forze. Per sopravvivere a tutto questo. Dividiamo i nostri guadagni. Paghiamo tutti i nostri debiti a metà. Abbiamo tutto in comune. Apparentemente no. Abbiamo due vite. Ma in sostanza, siamo un'unica, allargata, espansa esistenza. E ora ci siete tu e Marina uno. Sembrate arrivati apposta. Sembrate capitati come un regalo unico. Siete perfetti per ingrandire il nucleo della nostra realtà. Non pensavo che sarebbe mai accaduto. Raoul ancora non ne è pienamente cosciente. Ma un giorno capirà anche lui. Voi due siete la nostra parte solare che ci è apparsa per completare il quadro e farci vivere in modo universale. Vivere o morire. È lo stesso. Nessuna differenza.»

Sono sgomento. La guardo, ma non vedo che foschia o fuliggine o qualcosa di simile a una nebulizzazione di particelle opache. C'è un'uniforme macchia di colore verdolino che ricopre ogni cosa in modo uniforme. Prevalgono i rumori dell'ambiente. Lei che sbuffa. Scricchiolii. Lo sfregamento dei nostri vestiti sul divano. Una macchina ogni tanto all'esterno che sfreccia libera dal giogo del traffico. Mi ricorda il film-testamento di Jarman. Potrebbe essere l'ultimo istante della mia vita. Potrebbe tirare fuori degli enormi canini e azzannarmi alla giugulare. C'è però una piccola parte di me che mi consiglia di comportarmi naturalmente. Mentre lei adesso mi slaccia veramente i pantaloni e va avanti per la sua strada. Fino in fondo.

«Hai un... bel modo di raccontare», dico ovattato, per farla scoprire fino a rendere tutto il quadro estremamente chiaro.

«Vero? E dire che improvviso. È un talento naturale. Chi sono? Ora te lo faccio vedere.»

Si getta su di me. Passa qualche minuto e poi si butta all'indietro come stravolta.

«Oddio, che storia! Oddio, oddio, oddio!» Non si capisce se pianga o se si stia caricando una nuova applicazione per la messa in scena di un ulteriore prototipo di donna-da-impresa-notturna-con-estraneo. «Hai fame?» mi chiede con un tono chiocciante.

Mi guarda con quei capelli disordinati e le pupille che vagano in cerca di una posizione. È a un centimetro dal crollo.

«Vuoi ancora che resti qui? Per sicurezza... Posso dormire sul divano.»

Non risponde nulla. Se ne va in camera sua. La prendo come una risposta affermativa. Ho bisogno di portare a termine questo studio sconclusionato. Dormo inaspettatamente senza incubi. Crollo. Stravolto.

Al mattino mi sveglia con un sorriso vero sul volto. Mi prepara una colazione deliziosa e parliamo del più e del meno. Come nulla fosse. Va un po' di fretta. Ha una riunione molto importante. È stata promossa da poco responsabile unico della sezione commerciale di una grande ditta. Un numero uno. Soldi a palate. Tempo per sé poco. Grande mente. Mente lucida. L'hanno definita *The Gray Matter* per via delle idee geniali, ma anche del grande senso strategico. Si ferma con un toast in bocca. Fissa qualcosa, sul lavabo. Una bottiglia vuota di vino rosso.

«Vino? Ho bevuto?»

Rispondo d'istinto. Protettivo.

«No, solo io, perché?»

«Ah, che sollievo. Non posso bere. Ogni volta che lo faccio mi sdoppio. È per via del Flukenox. Interagisce in modo strano. Non ricordo nulla. Dico cose sconnesse. A volte parlo delle mie cose personali. Cose intime. Hai presente? È come se mi tirasse fuori i miei segreti più nascosti.» Ride. «Strano vero? Poi, il giorno dopo, non ricordo nulla. Non sto male. Rimango in me. Sono soltanto come posseduta da un'altra Marina. O come se un'altra me stessa sopita si risvegliasse improvvisamente. Potrei anche scopare col primo che capita. Sai in quante situazioni strane mi sono infilata senza rendermene conto? Triangoli, orge, e non sono riuscita a ricostruire tutto. A volte sono stata con persone che quando gli chiedi che è successo, mentono. Magari si vergognano. Oppure pensano che li prendo in giro. Non posso dirgli che assumo psicofarmaci contro gli attacchi di panico. Non potrebbero capire. E poi non mi conviene che si sappia in giro. Sai, il mio lavoro. Rischierei brutto. Capita. Basta che mi distragga e che beva anche solo un goccio, e via. Parto. Oh, sai, con l'attività che svolgo, bisogna tirarsi su nei momenti di necessità. Devi sempre stare al top. Non puoi essere debole. Allora… beh, hai capito. Mi tiro su. Come fanno tutti. E questo interagisce con l'iterazione. Un casino.» Ridacchia futile. «Ma è la vita. Io ho questa non un'altra. Parti con le tue forze, poi ti serve un piccolo sostegno. E quando trovi la soluzione, sai che è a portata di mano… è lì. La utilizzi quando serve. E più sali di livello e più devi essere forte. Insomma, devo solo stare attenta a non bere, no?»

«Mhm…»

«Ma con te non ho bevuto, perché tu, tu mi hai capita. Vedi? Esistono le persone speciali. Tu sei speciale.» Mi guarda. Se non fossi quello scettico che sono, direi che è innamorata. «È la prima volta che qualcuno mi accetta per come sono e mi rispetta.» La situazione diventa imbarazzante. Si alza di scatto. «Devo correre. Fa come se fossi a casa tua, ok? Ciao.»

Mi bacia sulla guancia facendo un leggero ralenty nei suoi movimenti ormai alla velocità del mondo finanziario e fa per andarsene. Non ho alcuna intenzione di rimanere solo a casa sua e avallare quest'idea di un legame che non esiste. Mi infilo i vestiti alla rinfusa e le urlo dietro.

«Aspetta. Esco con te!»

Si ferma e mi guarda zampettare con un calzino a mezz'asta e la camicia tutta sbottonata.

«Che tesoro, mi accompagni... non dovevi!»

«Beh...», balbetto. A quel punto mette su un'aria intima, profonda. Come se finalmente si sentisse libera di tirare fuori un groppo che ha in gola.

«Scusa, non giudicarmi male, ma dov'è che ci siamo incontrati?»

Non ho mai brillato in fiducia negli altri. Nel momento in cui mi sono reso conto che per conoscere qualcuno bastava avvicinarsi e parlargli ho anche capito che sarei restato solo per molto tempo. Ho sempre creduto che ognuno dovesse vivere la propria vita confidando in se stesso e basta, magari sarebbe bastato formulare un pensiero e quello avrebbe svolto tutte le funzioni da solo autonomamente. Se qualcuno mi si avvicinava pensavo volesse mettermi alle corde, smascherare la mia impreparazione o quelle fantasie di supremazia assoluta sul mondo che mi hanno accompagnato continuamente. La scarsa fiducia nasce da una vita vissuta nell'impossibilità di uscire dalla sfera d'influenza di due genitori che spinti dalle nuove teorie sull'educazione e sulla pedagogia vi si sono tuffati così a capofitto, per paura delle proprie paure, da soffocare se stessi e i propri figli. Quando mi sono ubriacato la prima volta a tredici anni e mezzo, avrei voluto che mio padre mi reggesse la testa mentre vomitavo nel cesso. Invece il mattino dopo era pronto a rimproverarmi perché avevo le rughe come un trentenne. Ma perché mai dobbiamo conservarci? È sempre così necessario arrivare a quarant'anni con un buco nero alle spalle, con tante di quelle cose che avremmo voluto fare (e non abbiamo fatto) da mandare in vacca coniuge, figli e generazioni future?

Verso i 43 anni mia madre e le sue amiche hanno deciso che la loro vita coniugale era stata una grande e insulsa vaccata. Sono andate in analisi, hanno formato un salotto di signore insoddisfatte e hanno rischiarato le notti dei propri figli con urla sulla propria ribellione contro il maschio tirannico. Sono passato alla maggiore età con le accuse rivolte a mio padre, il quale non aveva né gli argomenti né l'illuminazione né l'umanità di confrontarsi con quei fantasmi. Tutti i figli delle amiche di mia madre hanno vissuto la stessa situazione. E la maggior parte si sono schierati con la madre. Senza pensarci troppo. Così, per una forma di automatismo involontario. Maschi e femmine. In quello stesso periodo mio padre ha rotto la convenzione di casa. Lui di solito parlava solo con mio fratello, per farlo crescere come aveva deciso lui. Anche mia madre aveva deciso che mio fratello sarebbe cresciuto a modo suo. Solo che non si erano parlati o, se l'avevano fatto, si erano mentiti. Mio fratello era già al liceo. Mentre i due litigavano, o mentre cominciavano a farlo, e chissà, magari come naturale conseguenza della crescita nei panni di figlio maggiore, mio fratello ha deciso che era l'ora di mandare a farsi fottere le imposizioni da bravo ragazzo perfettino, e fare tante stronzate quante sono necessarie per capire chi sei al mondo. Il senso della crisi familiare per me è impresso in un unico episodio della mia vita che torna ciclicamente a salutarmi.

Era una giornata di Pasqua di venti anni fa, una tra le tante che la mia famiglia passava riunendosi a fatica a Pesaro, misteriosa città della riviera marchigiana che odora di una voglia invidiosa di Romagna. Il sole cercava di farsi largo attraverso una spessa coltre di umidità perenne e il mare lo aspettava riposandosi e lasciandosi cullare da enormi petroliere turche o cipriote che passavano in acque internazionali. La spiaggia ai piedi del monte Ardizio era una superficie compatta e umidiccia, di un colore che ricordava un enorme pavimento in faggio evaporato. Qualche rara famigliola si sgranchiva i muscoli giocando a frisbee con i figli o lanciando legnetti marci al cane sovreccitato per prepararsi all'abbuffata del pranzo imminente. Era un giorno normalissimo di una fine inverno qualunque a Pesaro, città dalle poche sorprese, che viveva in una calma quasi piatta in cui lavoro, soldi, famiglia, moda e le rigide regole delle inossidabili compagnie di amici, da anni formavano il recinto entro il quale si muovevano i suoi residenti.

Anche quell'anno il lontano richiamo di un nebuloso disegno familiare l'aveva avuta vinta sulle divisioni e i dissapori ormai insanabili all'interno della nostra casa, facendoci confluire là nella villa di mio nonno, il padre di mia madre, quel palazzetto d'epoca costruito agli inizi del 1900 dal bisnonno in stile inglese e con una struttura previdentemente antisismica. Nell'idea di perfezione che mia madre aveva sempre coltivato nei confronti della famiglia che avrebbe costruito, non c'era spazio per le obiezioni, per i dubbi e le domande, e spesso neanche per i contributi esterni. Tutto doveva essere quello che doveva essere, uniformarsi all'idea primigenia, quella che lei aveva partorito: mio padre e il suo incarnare goffamente il personaggio del salvatore metropolitano che l'avrebbe portata via dalle piccolezze della provincia, principe di un colore indefinito; i figli, noi, rigorosamente maschi, ben educati e presentabili come gustose pietanze di un pranzo borghese servite su vassoi in argento appena lucidati. Un disegno come tanti altri, frutto di una vita vissuta in provincia.

Quella famiglia non era mai esistita, e al momento di entrare nell'adolescenza io e mio fratello avremmo presto capito che forse così com'eravamo non ne potevamo comunque fare parte. Ma quei pasti familiari con i nonni, le loro idiosincrasie, la difficoltà di avere gesti di generosità senza fastidi comunicati apertamente, i falsi entusiasmi dovuti a una distorsione papillare, grazie alla quale i sapori di piatti tipici come i cappelletti in brodo di cappone prendevano il sopravvento sugli odii, i risentimenti e le delusioni, tutto questo resisteva ipocritamente anno dopo anno, litigio dopo litigio, urla dopo urla, accusa dopo accusa.

Ormai neanche le quinte di questa recita stanca si reggevano più in piedi, essendo le impalcature ridotte a colabrodo da distanze e disistime totalizzanti. Gli attori vagavano sfiduciati in cerca dei resti di un copione di cui non avevano mantenuto l'originale e il regista si era come eclissato, o non era mai esistito, lasciando quel caos che soltanto le compagnie teatrali auto-organizzate riescono a creare.

L'idea della passeggiata in riva al mare era stata di mio

padre. Come tutti gli anni, ci si svegliava con mia madre e mia nonna in piena preparazione, i cappelletti, il cappone e il bollito di manzo, i carciofi, l'antipasto a base di pizza al formaggio, salumi e uova sode, e mio padre che scopriva, come sempre da quando sono nato, che mancava il vino rosso. Allora, con la sua studiata lentezza, quell'ossessiva preparazione che aveva sempre usato come uno spettacolo a uso e consumo dei figli maschi - il farsi la barba quasi a rallentatore, la radio sintonizzata su concerti di musica classica, il suo andare e venire da un bagno unico, tra i suoi odori, costringendo tutto il resto della famiglia a conviverci o ad aspettare il proprio turno sbuffando - mio padre giocava a chi non sapeva se avrebbe trovato un negozio aperto e usciva con me o mio fratello a seguito. È difficile ricostruire l'ossessiva maniacalità con cui ognuno cercava comunque di mantenere gli stessi atteggiamenti e le stesse reazioni e parole di mille, milioni di anni fa, quando io e mio fratello cominciavamo a capire qualcosa del mondo esterno, quando cominciavamo a reagire, a rispondere, quando iniziavamo ad acquisire i primi rudimenti di un'indipendenza linguistica e percettiva. Tutto era stabile. Ma solo nella testa dei miei.

Quell'anno decisi di seguire io mio padre nell'impresa di trovare il vino giusto per il pranzo pasquale, un vino adeguato, da versare col cucchiaio nel brodo per macchiare leggermente quel primo piatto delizioso, una prassi avviata da mio nonno e mai più dimenticata. Mio fratello cominciava già a dare segni di fastidio nei confronti del padre, lamentandosi come sempre con la madre, e ogni particella di cibo che raggiungeva il giusto grado di cottura assorbiva quella rabbia come in uno scambio di energie inevitabile.

«Perché tuo fratello non è voluto venire con me?» mi fa mio padre.

«Ci vengo io!» rispondo imitando un disgustoso entusiasmo col quale tentare di cancellare l'interpretazione del padre disconosciuto che avevo davanti. Volevo fingere di non aver capito che il primogenito non è sostituibile con nessun altro fratello venuto dopo. Dovevo capirlo che la nostra contiguità fisica non si sarebbe trasformata in alleanza, che non avremmo conquistato il fantastico mondo dell'enologia senza rimanere invischiati in un pantano fatto di tentativi di tradimento e di sotterfugi.

«Ti va di fare una passeggiata?»

Non è che mio padre non mi abbia mai proposto di fare qualcosa di interessante, questo sarebbe falso, ma tutto quello che proponeva lo proponeva per se stesso. Il piacere era tutto suo, e difficilmente lo condivideva se non all'interno di uno schema che lui aveva costruito, immutabile. Sapevo benissimo che essere qui a Pesaro per lui era una forma di masochismo neanche troppo leggera. Mi rendevo conto che trovarsi nel luogo in cui tutto il suo fallimento di padre di famiglia aveva avuto origine, con speranze ben diverse, non poteva che sollevare domande ovvie.

«Non facciamo tardi?» Non volevo dirgli di no. Ma avevo il terrore di quello che già risuonava nella mia mente.

«Manca mezzora, abbiamo tutto il tempo!»

Avevo il tempo necessario per eliminarlo. Avevo quello che mi bastava per liberare il campo delle sue ambizioni di spaccone romano, racconta-storie, così tipico della sua generazione nata nei miti e nelle storie della leggenda post bellica. Avevo l'occasione giusta per aprirmi il campo alla conquista della mia Persia, e forse anche per raggiungere l'Indo, il Gange, arrivare dove lui non era mai arrivato, e appropriarmi di significati che lui non avrebbe mai percepito. Avevo il tempo di eliminare con un solo gesto le distanze abissali che ci dividevano, come se tra noi ci fossero secoli di differenza e non trent'anni. Come se uno di noi due fosse piombato qui da un futuro lontano.

Passeggiamo a fatica sulla sabbia zuppa.

«Andiamo a riva che si cammina meglio», fa lui, sempre più fintamente allegro.

Preliminari.

Quanto tempo ci vuole per preparare una battaglia? Disponiamo i mezzi sulla spianata.

«Bello, no?»

Pesaro non è bella. Il suo mare non è bello. Piace ai tedeschi, da sempre, soprattutto a qualche loro politico democratico-cristiano di punta. E questo la dice lunga. Niente è più umido, vischioso, lento, bigotto, insopportabile come l'inutile opulenza di una cittadina di provincia affacciata su un mare ogni anno più torbido e antiestetico.

Facciamo due piccoli sospiri guardando altri individui che passeggiano come noi, anche se probabilmente loro passeggiano per passeggiare. Lo fanno perché è proprio quello che vogliono fare.

«Che ha tua madre?»
«Cioè?»
«Lo fai apposta a non capire?»
«Parla, papà, dì quello che hai da dire.»
Qualcosa che aveva già detto mille volte.
«Tua madre vuole mandare a monte tutto. Dice che non mi ama più. È plagiata da quel matto, quel guru, dice quello che lui le dice di dire, è diventata pazza, non la riconosco più! Non si può mandare tutto in malora dopo trent'anni. Io... per me... bisogna fare qualcosa... non so che fare... Keat... che faccio?»

Ora, io questo momento l'avrei anche voluto prolungare all'infinito, vedermelo sfilare in una replica incessante. Mi sentivo improvvisamente forte, maturo, uomo. Mio padre che mi chiedeva la mia opinione sulla situazione familiare. Era un evento al quale avevo sperato di partecipare da sempre. Forse era un po' tardi. Forse era maledettamente tardi. Tutto era deserto e disperazione. Tutto era disintegrato, mio fratello e il suo rifiuto del mondo, con le sue ribellioni che ormai sembravano solo frutto di un'abitudine più che di una necessità; le rivendicazioni di mia madre, che poi restavano confinate in un appartamento in cui conviveva con chi diceva di voler lasciare, la separazione in regime di convivenza, quella barzelletta dei separati in casa... quanto odiavo sentirmi parte anche solo indiretta di una gag di second'ordine! Era troppo tardi per ricostruire qualcosa. Nessuno aveva più nessuna voglia di sentire parlare l'altro. Nessuno in casa aveva in realtà mai parlato con chicchessia a mente aperta, per confrontarsi, per chiedere consigli, pareri, per essere aiutato, ma oggi, nel pieno disfacimento di ogni illusione, il silenzio sarebbe stata forse la migliore opzione per mantenere per lo meno la dignità.

Ma, in verità, quello che mio padre stava cercando di fare era usarmi. Usarmi per riconquistare la moglie. Aveva già fatto altri tentativi. Solo che ora aveva una scenografia che gli faceva credere di poter avere maggiori probabilità di successo. Un giorno aveva cominciato a parlarmi. Pensavo fosse impazzito. Invece no. Era in crisi. Sua moglie era in crisi. Lui negava. Non ha mai saputo fare altro. E tentava di convincermi che i suoi desideri erano anche i miei.

«Papà, lei ha fatto questa scelta. Se lei si sente così, reagisci. Fattene una ragione. Rifatti una vita, trovati una donna, vivi, dai, tira fuori le palle!» rispondo d'impulso.

Alessandro si lamenta così tanto da far persuadere sua madre che l'unica strada percorribile è mandare un emissario, Pausania, ad avvelenare il marito, colpevole di essere un grande condottiero e di compiere imprese troppo grandi per essere superate, colpevole di esaurire le imprese da compiere. Non esiste una scorta infinita di imprese da realizzare.

Io stavo finendo mio padre, direttamente, senza intermediari. Stavo massimizzando il mio tempo. Potevo liberare i campi di battaglia dalla sua presenza ingombrante e piazzarmi là al suo posto col mio fido destriero Bucefalo alla testa di un esercito che avrei riempito di amici e avrei riformato nelle tecniche e nelle tattiche. Avevo detto solo quello che pensavo. Come chi prova un sentimento di affetto qualunque e odia gli zigzag speculativi.

«Fattene una ragione.»

Non ci fu nessun silenzio. Nessuna pausa di elaborazione. Le mie parole erano semplicemente distanti da quelle che lui voleva sentirsi dire, tipo: "Sì, ok, farò tutto il possibile, ti prometto che tutto ritornerà come prima...", e poi, come prima quando? Quando ero bambino e prendevo tutto quello che lui diceva come oro colato, oppure quando ogni suo ordine era legge e si divertiva a vedere questi due bimbi rispondergli come soldatini di latta? Qual era questo prima?

«Che cazzo dici, ma sei impazzito? Ma che cacchio ti viene in mente, "fattene una ragione?" Sei pazzo? Tu sei plagiato come tua madre! Siete tutti matti, tutti plagiati, voi... voi... "tira fuori le palle", cazzate! Andiamo via. Mi sono rotto il cazzo, ora io me ne vado via e affanculo il vino!»

Lo seguo. Andiamo via. Entriamo in macchina. La macchina è uno dei pochi spazi in cui gli esseri umani riescono a esprimere la propria natura dittatoriale in modo limpido e chiaro, senza mediazioni. Parte un attimo prima che io chiuda lo sportello. Sfioriamo un muretto, un camioncino della nettezza urbana, un taxi che quasi si mette a rincorrerci consumando di stupore un clacson rauco, due ciclisti, un biondo tedesco che probabilmente si è addormentato a fine agosto scorso e oggi si ritrova senza amici nel buco del culo del mondo... e in tutta questa frenesia automobilistica, l'impeto finisce di fronte a un'enorme rifornitissima e aperta enoteca.

«Scendi!»

Compriamo il vino.

Com'è banale la mia esistenza, penso. Come vorrei una storia familiare diversa. Tremendamente realistica. Vorrei decisioni drastiche. Fine di un viaggio senza meta. Scendere dove si ferma il treno, in mezzo alla campagna. Come vorrei un padre che mandasse a cagare tutto, perché si è rotto il cazzo di tanta delusione, e si rifacesse una vita, scopandosi una venticinquenne, facendo altri tre figli, riuscendo finalmente ad amarli per quello che sono e scatenando la mia gelosia e quella di mio fratello, il nostro odio radicale, e dimostrando a se stesso e alla sua ex vittima che l'amore esiste, è solo questione di trovare una persona con la quale viverlo pienamente. Vorrei tornare e trovare mio fratello con in braccio una doppietta puntata sui passanti, impazzito dopo aver fatto scempio dei nonni e di nostra madre. Vorrei qualcosa, mi dico, va bene tutto meno che questo pattume insipido, questa implosione lenta e cancerogena. Ma poi m'infilo consapevolmente come tutti i miei familiari nella routine pasquale e forse, penso, un giorno ne morirò.

Elementi di microeconomia

Ho un rapporto del tutto personale col denaro. Vivo in un benessere putativo.

Chat, oh chat

Appuntamento alle 15.00 con Ivette, nickname: Jennifer Lopez. Una ventitreenne portoricana di Miami. Al telefono è come in chat. Carattere deciso, energica, vitale, molto piena delle sue qualità (pare che il mondo la mangi continuamente viva con gli occhi). È la mia regina in MIRC. Nel gioco che spesso diventa più reale di quanto permesso, il *brokkolamento* è la regola. Ci si chiude in personale e si comincia un fitto gioco di seduzioni al buio. Io e lei, secondo le premesse on-line, dovremmo scaraventarci in un luogo appartato prima possibile e saziarci di sesso e i suoi derivati per settimane. Conquistare in internet non è difficile. È normale. La chat elimina ogni barriera esteriore, ogni giudizio sul look o sull'aspetto estetico. Essere belli non conta. Essere colto, ricco, furbo, glamour, ben vestito, connesso sono qualità ininfluenti. In chat quello che conta è il sogno di un amore fulmineo. O di una conquista rapida e indolore. Quello che conta è esserci. Conviene sfruttare immediatamente i contatti, perché in poche ore si può essere sostituiti o dimenticati. Quello che guida è la fantasia, anche nello scambio di foto reali, l'elemento fondamentale delle storie di rete è qualcosa che va al di là delle persone reali. Forse una fame di relazioni umane. Una rabbia esistenziale. Solitudine. Malattia. Complessi d'inferiorità. Autoemarginazione. Rifiuto della realtà. Qualcosa di trasversale che contiene tutte le precedenti. Ma soprattutto quello che inebria è l'universalità della dimensione orizzontale. C'è chi primeggia, è vero, ma in fondo si parte tutti allo stesso livello e si può ottenere qualsiasi risultato potenziale, anche avere dall'*owner* la password per entrare quando la room è troppo piena. Magari essere ammessi nell'élite sempre *oppata* del clan. La chat è una comitiva del muretto senza muretto. Un luogo che si sposta con te, sia che sei in vacanza in Zaire che se sei in ufficio a costruire barchette. Jennifer è una meteora. L'ho acchiappata con due o tre battute. Pochi momenti di scambio rapido e quelle foto scambiate in cui lei sembra una modella e io un attore.

Arrivo puntuale. Poco convinto o spaventato. Le sue foto che ho stampato ritraggono una mulatta di una bellezza extra-terrestre, forse al limite del volgare, per stomaci delicati, ma estremamente provocante. Di lei, nessuna traccia. Mi guardo intorno. Niente. Mi chiama e anche se sono al centro della piazza e agito le braccia sopra la mia testa, non mi riesce a vedere.

«Come sei vestita?» le chiedo incerto.

«*I'm in yellow, babe, you can't miss me! Hestoy aqui, yuhuuu!*»

Ha ragione. La noto immediatamente. Ora, se io non fossi quello che sono, correrei al motorino e me ne tornerei a casa a deletare le foto. I miei occhi inquadrano una over-size ricoperta da una maglia vistosissima di un giallo-Titti che esalta le sovrabbondanze attorno alla sua vita generosa. Invece, la vado a salutare. Sono sempre meno convinto. Ci salutiamo. Ci mette due minuti a chiedermi la prima volta: «*What do you think*?» facendo mostra del suo corpo.

Ma lo fa solo dopo aver buttato lì che ora è un po' soprappeso. Strano, io avrei detto che è obesa. Mento. Aggiunge ancora più distrattamente che... «*You know, in these days...*».

« *Navidad*, eh?» dico io.

Annuisce. Penso: "Sarà, ma hai l'aria di chi festeggia il Natale ogni giorno da almeno 3 anni!". Lascio cadere il discorso. Noto gli occhi, il viso, le labbra. Tutto molto bello. Ma nello spazio di un istante mi sento vittima dello scherno universale. Immagino il possibile dialogo con un mio amico.

«Com'era?»

[Lieve esitazione]

«Ha dei bellissimi occhi... e poi vedessi le labbra!»

«Un mostro, eh?»

Cerco in lei la simpatia e il divertimento che potrebbero salvarmi dai dardi di un persecutore interno. Vedo una ragazzina esibizionista e maldestra, al limite dell'imbranato, che si fa notare per essere esageratamente concentrata sul suo mito: la sua carica erotica. "Per tua fortuna le occhiate non portano necessariamente con sé il loro significato", mi dico. "Altrimenti saresti smentita all'istante, *cariño*".

Camminata. Bar. Drink più pizza pesante con ripieno

sfatto per turisti americani. Camminata. Il pomeriggio rischia di allungarsi e di sfociare nella sera. Le dico, per svincolarmi, che ho un appuntamento di lavoro. Ci crede. Meglio per lei. Partirebbe nel pomeriggio, mi dice cercando un mio "*Oh, 'cmon don't go, stay a little longer...*", che non arriva. Ora, c'è una premessa. La sera prima mi aveva chiamato appena arrivata a Roma. Per me, aveva precisato. Erano le 00.00 spaccate. Io sapevo che era a Milano, invece si era concessa una deviazione per conoscermi. Le dico che la vado a prendere immediatamente e che usciamo. Solo che non trovo le chiavi della macchina. Dove vivo io? Con i miei. Di chi è la macchina che uso di solito? Di mia madre. Dove saranno le chiavi? In camera sua, accanto a lei che dorme. Parte il bestemmione. Una serie. Invento una storia plausibile che ripeto riveduta e corretta il giorno dopo. Mi vergogno della verità. Mi vergogno di essere un trentacinquenne che vive ancora con i suoi. Salta l'appuntamento notturno. Ecco perché oggi nel salutarla ho come un granello di rammarico in me. È come se le spettasse una sera in mia compagnia. Un alieno dentro di me le dice quelle poche parole che la convincono (sic!) a restare una notte di più. Deve solo trovare una stanza nel suo hotel. È una promessa di romanticismo o una sfida? In verità, la vedo più come una forma di sottomissione. L'impossibilità di rifiutare un "chiaro segno del destino", o un'opportunità di dimostrare una volta di più la mia virilità di maschio eterosessuale, una gabbia emotiva radicata nei primi anni di vita.

Me ne vado intossicato al mio finto appuntamento di lavoro. Vorrei vomitare l'orrenda tiepida pizzetta genovese imbevuta d'olio rancido, che di oliva ha solo una vaga emanazione, con mortadella tagliata spessa e formaggio di scarto mangiata al bar per turisti senza papille gustative (che per un gastronomo del centro città è uguale a *tutti*) dove l'ho portata, ma sento che fa già parte della circolazione sanguigna. Mezzora dopo mi chiama al cellulare. Spero che debba partire improvvisamente, ma no. Ha trovato la stanza per la notte. Quello che penso rimane in cantina. Appuntamento alle 20.00 circa. Telefono immediatamente a Miriam, la mia amica centroamericana. Spero che lei mi salvi. Magari andando tutti insieme a ballare salsa. Ripasso mentalmente alcuni passaggi del primo pomeriggio. Ivette vede ovunque persone che la guardano, che la studiano, che l'ammirano, insomma che la agognano. Uomini infoiati che le prometterebbero mari e monti, donne che inspiegabilmente si volterebbero verso di lei fissandola a bocca spalancata. Da loro non si fa, dice. Tanto meno in Portorico.

«*In the States people don't do it. No se hace... What's in Italians' minds?*»

Io non ho notato nulla, ma ho la sensazione deviante che sia vero per un motivo diverso da quello fantasticato da lei, e me ne vergogno a morte. Temo di essere scambiato per quei soggetti che vivono per rimorchiare le turiste attorno ai monumenti archiviando le conquiste con tanto di foto, oggetto personale e qualche commento particolareggiato sulla prestazione sessuale. Non mi diverte affatto questa prospettiva. La domanda: «Allora, che pensi di me?» comincia ad assomigliare a una sorta di intercalare ossessivo. Riempie tutti gli spazi vuoti. Mi preoccupa. Certe donne si nutrono di adulazioni e di false promesse. Amano vedere gli uomini ingrifati, appesi, turgidi a causa loro. Si nutrono di questo. Di erezioni. Tutto qui.

Miriam mi dice che va bene, usciremo insieme. Ha capito perfettamente le mie intenzioni.

«Cioè, hai un inciucio di cui ti sei stancato e me la vuoi scaricare?»

Io preciso: «No, chiariamo, niente inciucio. È che... è qui sola e mi faceva piacere farle conoscere qualcuno di... latinoamericano come lei».

Suona bene ma non ci casca. Però fa finta di nulla. Tentiamo di prenotare dei posti in una Churrascaria Argentina, ma è piena da mesi. Poi scopro che i fratelli di Miriam, a Roma per pochi giorni, vogliono mangiare alla grande. Per questo se ne andranno in un ristorante per polli da spennare al Pantheon. È chiaro. Sei a Roma, vuoi sentirti un *figo Europeo*, che fai? Ti fai prendere e spennare in posti per imitazioni di fighi Europei. Io al contrario decido di portare Ivette in un posto tipico. Una hosteria dietro Campo De' Fiori. Un posto semplice. Per mangiare e chiacchierare. Non per esibirsi. Non ha fatto che ripetermi che è una ragazza vera, senza sofisticatezze inutili, che ama la semplicità... Forse alla terza volta che lo ripeteva avrei dovuto capire che era una balla per poter alla fine comunque essere portata nel posto più kitsch della città con vista sul Colosseo.

La vado a prendere all'hotel. Un postaccio infame vicino alla stazione che occupa un intero piano di un palazzo in decadenza. Come scende, la scena che mi si presenta davanti è per lo meno singolare. Veste un paio di pantaloni di pelle nera lucida incollati all'epidermide, senza cinta, con quello che ne consegue a ogni movimento; una t-shirt rosso bandiera sovietica a maniche corte con ideogramma cinese ficcato tra le sue generosissime mammelle. Talmente generose che il povero ideogramma risulta un po' ipertrofico. Due o tre minuti sono salvati dal: Cosa mai vorrà dire questo ideogramma? Poi sono così belli gli ideogrammi cinesi. Sono i miei preferiti. Anche i tuoi? Che coincidenza! Peccato che non ci si capisca niente. Ma come faranno i cinesi? Mah, chi lo sa! Fine.

Sopra la t-shirt una giacca di pelle marrone scuro semiopaca. Di quelle che alcuni napoletani con accento simil-padovano tentano di rifilarti in stock agli angoli di strade isolate con la classica storia del carico rimasto invenduto… Ha un trucco un po' pesante per i miei gusti, ma siamo a Roma, il regno delle mani a cazzuola, per lo meno nessuno se ne accorgerà. Se non fosse per i brillantini sparsi per il viso e concentrati soprattutto sulle palpebre, non sarebbe proprio male. È evidente che noi due siamo un'accoppiata del tutto irreale. Noto, mi fa notare, una treccia in pseudo plastica dorata che porta insertata tra i capelli. Un'extension hi-tech, probabile orgoglio dei cultori dei prodotti derivati dal petrolio. Mi esce un esitante complimento che chiunque mi conosca prenderebbe per disperazione. Ma il meglio me lo riserva per l'arrivo in hosteria. Sotto la giacca e sopra la t-shirt, porta una veste nera trasparente con puffini attorno ai polsi e al collo. Il tutto tenuto da un nastrino molto ammiccante che si lega in vita. Praticamente una veste da camera per massaie pigre acquistabile per corrispondenza su una rivista softcore.

Non ho molti pregiudizi sul modo di vestirsi, ma quelli che ho sono incrollabili. Mi sento osservato. Lei sempre. Qui sarebbe opportuno un chiarimento. Quegli sguardi che lei interpreta come apprezzamenti o arrapamento, per me sono di scherno. Esercizio per la cena: escludere il mondo esterno. Tranne il cameriere. Fallisco. Doppiamente, sì, perché non mi viene neanche in mente di prendere appunti per la mia missione, tanta è l'angoscia e il desiderio negazionista. Mi scopro a flirtare con gli occhi con una giovane quarantenne dallo sguardo semispento. Il tutto perché noto un seno proporzionato e delicato sotto un maglione crema a collo alto molto casto. Anche lei mi guarda. Forse con lieve accento compassionevole nello sguardo. Mi sento allo scoperto. Se sto con una "straniera" è evidente che l'avrò rimorchiata in una discoteca o sulla scalinata di piazza di Spagna. Tutti possono vedere quanto lei sia fuori posto. Quando formula giudizi la mente se ne frega di ogni *political correctness*. Ho l'impressione che i miei sguardi altrove possano essere scambiati come: 1) dongiovannismo terminale, 2) una richiesta di perdono. Ma, in verità, sto cercando una via di fuga. Ordiniamo pasta alla puttanesca. Io tagliatelle, lei rigatoni. Per un attimo mi viene in mente che non ho quasi mai visto uno straniero doc, meno che mai se cittadino americano originario di un paese povero, in un ristorante alla mano. Non parlo di posti economici per studenti o per famiglie non abbienti. Ma proprio di luoghi tipici, per cultori del tranquillo, del sottotono, dell'understated. Di posti comuni. E non parlo di intellettuali, attori, studenti o turisti acculturati. Ma di gente comune. Qui loro hanno bisogno di sentirsi al di sopra del livello sociale da cui provengono (anche se laggiù sono Capi di Governo). I cibi semplici, la vita semplice, gli va di traverso. Ecco perché le cubane più belle sono sempre accompagnate da panzoni dalle collane d'oro pesanti e il portafoglio riboccante. Provate a conquistare una cubana che vive in Italia dicendole che non avete la macchina. Un abitante del terzo mondo ha il diritto di pensare: "Sei un fottuto capitalista ricco e spocchioso? Allora, se mi vuoi accanto, spendi, regala e scialacqua. Altrimenti fottiti, te e i tuoi antenati coloni assassini!".

Le sorprese non mancano. Ivette non riesce a finire. È piena.

«*How can you Italians eat so much?*» Quante volte l'ho sentito questo discorso. Sì, certo, ma perché tu sei obesa e io no? «*Keat, do they have doggy-bags? Do they have? Tengon?*»

«Cosa?»

«*Doggy-bags! Bolsitas…*»

«Che ci devi fare con una *doggy-bag*?» Mi guarda come se pensasse di essere uscita con un intellettuale squattrinato.

«*For my leftovers… I can't eat no more… hestoy llena, tio!*»

«E che te la vuoi portare appresso per strada?»

Penso di avere fatto una battuta.

«*Well, I paid for it…*»

Non credo di avere capito bene.

«Ma la pasta fredda fa schifo, Ivè! Se non la mangi lasciala lì. Non hai neanche un cane!»

Questo non l'aiuta. Si spinge a forza in bocca altri tre rigatoni senza condimento. Non vorrei vederla scoppiare. Mi sentirei responsabile. La vedo però stranamente remissiva. Forse sta calcolando quanti *penny* o *dime* sarebbe costretta a lasciare sul piatto assieme a quei dieci rigatoni con funghetti e piselli. Vedo già i singhiozzi una volta tornata in hotel, la disperazione di consumatrice statunitense, il disprezzo del suo popolo, la vergogna nel cantare l'inno. La revoca della cittadinanza. Mi dice che a Milano si è fatta incartare nella stagnola la bistecca che non ha finito. È naturale, no? Lo trovo raccapricciante. Di un cattivo gusto da trogloditi. Magari fosse per povertà o per rispetto di chi muore di fame. È solo l'arroganza del culto della proprietà privata! Quello che è mio lo butto io! Per questo insisto nel mio atteggiamento scandalizzato che la schiaccia contro un muro. Ci starebbe bene un limoncello, ma ho già bevuto da solo durante la cena vino rosso. Non c'è compagnia peggiore di chi mangia senza bere vino e non è neanche astemio. Qui sento qualcuno che mi dice: «A questo punto se non te la scopi sparati». L'ignoro. Andiamo a La Bodeguita. Un locale cubano molto d'atmosfera nel centro città.

Una volta dentro (finalmente Ivette si ricorda di avere un portafogli e paga l'entrata per sé. Era tutto il giorno che mi diceva che non accettava inviti o drink da uomini perché questo significava che gliela doveva dare, quando ho pagato l'hosteria e non ha fiatato ho avuto l'impressione di qualcosa che andava al di là del mio controllo), scopro un'altra sua particolarità. Per lungo tempo mi ha declamato la sua *arte de baile*, il suo corpo sinuoso in movimento che farebbe rimanere a bocca aperta il genere maschile tutto. Per mesi ho letto di queste storie su una donna che quando si scatena viene acclamata come una Dea e tutti in cerchio le fanno spazio in segno di ammirazione.

C'è un quartetto cubano che suona una salsa divertente. Ma lei preferisce il merengue. In qualche modo ha ragione, ma qui in Italia si preferisce da sempre la salsa, le evoluzioni e la competizione ginnica al vero e proprio ballo di coppia. C'è una bella ressa. Intravede un luogo appartato, un angolino, e mi ci porta. È lì che balleremo. Ecco. A questo punto scopro quello che potrebbe far traboccare il vaso. È mancina. Soprattutto nel ballo non è femmina. Significa che mi sento come se ballassi con il Paul McCartney della musica sudamericana. Il mondo si è ribaltato. Senz'avvisare poi. So che qualcuno ha ucciso e torturato per molto meno. L'alcool m'aiuta ma non troppo. Sento i pensieri della gente intorno più alti della musica. Stanno proprio facendo commenti su di noi. Pensano che siamo ridicoli. Che SONO ridicolo. È proprio così. Sono la spalla di una mitomane che ha contratto lo stesso virus del suo principale. Ora sì che vedo sguardi incollati su di noi! Mi fermo. Lei crede che ho perso il passo.

«Non ci si capisce nulla così al contrario», le dico quasi afono per l'irritazione.

Ha una presa a polipo, cerca di non lasciare andare via

la mia mano destra. Mi stacco definitivamente e vado al bagno. Lei mi segue. Potrei affogarla infilandole la testa nel cesso. O lasciarla soffrire nel suo brodo melmoso. Urino un liquido misto di rabbia e sgomento. Uscito, non la guardo nemmeno, mentre si rifà il trucco per la quinta volta. Vado al bancone del bar. Questa volta si ferma a parlare con quelli della band in pausa. Mi auguro che nasca un'amicizia eterna. Chiamo Miriam che mi ha spedito questo sms: «Sono da Jonny's, alla Bodeguita non mi hanno fatto entrare».

Esco a prendere campo e vedo il deserto all'entrata. Risposta: «Cazzo dici? Non c'è nessuno. Se mi dai buca vendo gli organi di tuo figlio al policlinico universitario!». Torno al bancone. Viene anche Ivette.

«*Get ready, I asked them to play a merengue.*»

«E che ti hanno detto?»

«*They have a cd somewhere... gone to look for it.*» Non lo metteranno mai. È un'illusa. «*Wait...*»

Mi lascia la borsa e fila via. Entra in un privé con un tipo alla messicana. Spero che la facciano a pezzetti e la vendano come chili messicano. Niente. Esce e sale con un mulatto glabro al piano di sopra, poi riscende senza di lui. Parlotta con la band e la vedo sfilare davanti a me in compagnia del cantante ciccione nero che fa una fatica disumana a farsi strada tra la folla. La vedo alla cassa. Carina la cassiera! Torna sola.

«*Just few minutes more... come dancing with me!*» mi fa tirandomi verso l'angoletto di prima.

«Quando la mettono», preciso io liberandomi.

Non succederà mai. Passa il ciccione. Le dice due

parole senza espressione nel viso. Ha il grasso che gli copre i tratti somatici.

«*They don't have any merengue! Unbelievable!*»

Che avevo detto? Sia lodata la febbre della salsa. Ricevo un sms. Se è Miriam che mi dà buca… invece è Sabry, una mia *sorellina*. È a Roma e vuole vedermi. Esco, la chiamo e mi raggiunge. Sabry è una delle due mie ballerine preferite di salsa. Come arriva la spingo direttamente nella bolgia. Un paio di sorsi di approccio e subito nella mischia. Dimentico Ivette tra i suoi simili e Miriam con i fratelli chiccosi. Sfogo la mia frustrazione. Adesso tutti ci guardano realmente. Ora ho la Ivettite conclamata. Il fatto è che ballo con una foga rabbiosa mista a una totale disistima per me stesso. Ho bisogno di una salutare gratificazione dell'ego. E Sabry mi segue, lei mi segue sempre, l'adoro per questo. Di solito, anche nel pieno dell'euforia, si mantiene un certo contegno. Ora no, ho perso ogni controllo, il mio non è un ballare, ma una forma di disintossicazione. Una canzone e sono piegato sulle gambe. Fine. Torniamo al bancone. Ivette ci fa i complimenti. La ringrazio con la sensazione di essermi liberato di ogni obbligo nei suoi confronti. Ora la vita può ricominciare. Faccio mente locale. Tornare a casa. Liberi. Convinco Sabry a venire con me per accompagnare Ivette. Voglio evitare ogni equivoco. Ma prevale la civiltà innata. Le prometto di farle assaggiare i famosi cornetti notturni romani. Anche se ho il timore che mi esploda modello Monty Python. Assaggia il doppio cornetto ripieno di crema e cioccolato. Lo divora. Io l'aspetto ormai rinfrancato e protetto, ma vorrei tanto lasciarla legata e imbavagliata al centro del Raccordo Anulare. Poi la riaccompagno in hotel senza ulteriori discussioni fin su al 5° piano.

Il mio bacio d'addio è come un *Fuck-off*, viste le premesse.

«*Take care!*»

«*Tu tam bien*», mi risponde.

E via, a dichiarare il mio amore *fraterno* a Sabry. La mia salvatrice involontaria. Inconsapevole mezzo per un fine.

«Che è successo?» mi domanda al mio ritorno in macchina.

«Non l'hai capito?»

«Sembrava molto interessata.»

«La vedi giusta per me?»

«Perché tu cerchi *quella giusta*?»

«E come cerca chi cerca *quella giusta*?»

Percepisco un eccessivo affollamento di punti interrogativi nel nostro dialogo. Lo chiude lei in tono quasi buddhista.

Se vuoi trovarla, non devi affannarti a cercare. Basta porsi le domande giuste.

Niente scorre, tutto scorre

Odio novembre. È un mese che mi mette la malinconia, mi fa ammalare, e a volte mi vergogno di esistere. Spero di rotolare silenziosamente nel posto più sperduto della mia mente e una volta giunto lì radunare tutti i miei frammenti e accucciarmi tiepidamente. Mi vorrei arrendere al suo arrivo, ma è più forte di me. Soccombo cercando invano di lottare. La mia non è meteopatia, è molto peggio. Un problema più radicale. Più profondo. Subisco il passare delle stagioni. La scomparsa della luce limpida. Della chiarezza e l'apparire delle difficoltà. Dell'oscuro. Novembre ha un suo significato nero intrinseco. Inizia male. E finisce tristemente. Sviluppa l'apatia, e la sinusite psicosomatica. Stordisce il desiderio sessuale, preclude ogni forma di organizzazione programmatica. Novembre è il mese della dissoluzione nel proprio antro solitario. È precedente al letargo vero e proprio. È però successivo a ogni rassegnazione dopo la fine del caldo estivo. Quando sentivo, da piccolo, il dramma della scomparsa delle mezze stagioni, due idee si levavano nella mia mente. Con la prima mi domandavo come mai non fossero tutti contenti dell'eventuale scomparsa dell'autunno inoltrato. Con la seconda constatavo che il passaggio da ottobre a novembre, ogni anno coincideva con i miei problemi di salute e di umore. Questa mezza stagione data per scomparsa, dentro di me esisteva ancora, intatta. Come era esistita probabilmente per tutte le ere che avevano accompagnato l'esistenza dell'umanità. Novembre era la negazione della percezione popolare.

Io non sono mai riuscito ad adattarmi agli ambienti e alle situazioni che sentivo nocivi. Anche nel lavoro. Alla fine ho sempre dovuto mollare e cambiare aria. Impossibile per me l'adattamento. L'inizio delle pioggerelline fitte, con quelle gocce d'acqua dello spessore di una molecola d'aria, che oltre a bagnarti completamente, ti entrano nelle narici e nei polmoni, bagnandoti anche le idee, annacquando i pensieri, è il compiersi ciclico delle peggiori profezie. Novembre è una profezia che si realizza costantemente ogni anno allo stesso istante. È un disegno negativo che non può che rimanere negativo e che ogni anno si conferma perché non esiste una sua idea di presenza positiva. Unica possibilità: la fuga. Fuggire fa bene. La fuga non è negativa, se ci si allontana da ciò che minaccia la nostra salute. Mettiamocelo in testa, fuggire fa bene. È salutare. Non c'è nulla di così efficace a breve termine come una sana, ansimante e rapida fuga.

30 ottobre, fuga dal giorno dopo.

Novembre è anche un confronto col mondo che si compie nel disagio di impermeabili e ombrelli che ancora sanno di naftalina e che vengono lasciati ad asciugare in ogni angolo di mondo asciutto, bagnando dappertutto. Il mondo è un ambiente impossibile. La gente è impossibile. Ogni confronto è scontro. Ogni scontro è inutile. Sarebbe bellissimo risolvere un rodimento radicale di una mattina grigia e piovosa di metà novembre con un conflitto rapido e drastico. Rompendo qualche ulna o perforando un deltoide con una Bic rossa. È il sogno della mia vita di adolescente imbranato e bloccato. Una Bic entra nella carne comportandosi come un bisturi. Ho provato in prima persona quest'emozione. Era proprio novembre. Qualcosa come ventisei anni fa. Mio fratello giocava da solo a un gioco che non era propriamente un gioco. Io come sempre ero curioso. Mi incuriosivano questi giochi-non giochi di mio fratello. Pensavo che avesse trovato una soluzione all'apatia e all'irritazione novembrina. In effetti, in un certo senso, scaricava la sua tensione su uno scatolone di carta. Mi avvicinavo sempre di più, curioso come un gatto. Vedevo mio fratello dare sferzate allo scatolone, e quest'ultimo reggere bene i colpi. Mi domandavo come non si afflosciasse, come non implodesse, data la forza di mio fratello. E mi avvicinavo. Ero sempre più vicino. Non a mio fratello, ma allo scatolone. Era la vittima dei colpi quello che volevo studiare. Il punto d'arrivo, non la fonte. Ovviamente la fonte era novembre, ma a quell'epoca non ne ero consapevole. Poi d'un tratto, dopo un ulteriore passo in avanti, mentre accoccolato fisso da vicino lo scatolone, l'intuizione. Sento in me il senso. Mio fratello stava semplicemente prendendo a pugnalate lo scatolone con una Bic. E la Bic, ora, era dentro il mio quadricipite sinistro. Per un terzo. Non avevo sentito entrare nulla. Ma la sentivo dentro. Con tutto il suo essere penna e non pugnale. Ecco, in quel momento la Bic si stava comportando come novembre, era entrata dove la sua funzione primigenia non le avrebbe dovuto permettere di entrare. Era in me. Era la mia sofferenza. La incarnava.

Come sempre, in una situazione di disagio, il conflitto nasce e si consuma tra le vittime. Mai che quest'ultime si alleino contro la causa del disagio… così tutto resta com'è. Come un magma viscido e molle che sembra camminare al suo ritmo lento e inarrestabile. Eppure alla fine risulta fermo, immobile.

Si sente davvero il bisogno di un acceleratore interiore, uno sbloccante per ingranaggi mentali, uno strumento per riavviare un motore ingolfato. La velocità non è la meta. Tuttavia correre deve poter essere un'opzione. Uno slogan del sindacato potrebbe essere: "DDL: Nessuna fermata intermedia!".

30 ottobre 2003.

Quest'anno ho una notizia nuova. Io non ci riesco proprio, ma mio padre mi ha trovato una casa. Sì, non un appartamento, ma proprio una casa. Come ci sono in Francia o Belgio. A tre piani. Immersa nel verde e vicina allo Stadio Olimpico. Sembra un sogno. Torna a casa con una donna, la sua nuova donna, una tipa della mia età, forse più giovane, e io scopro così di essere diventato adulto. Credevo che si dovesse volere. O che si dovesse capire. Lei mi sorride e sottolinea con gesti perfetti ogni aggettivo che mio padre snocciola per quel gioiellino di casa. Vorrei fissare questo momento. Pare che il prezzo sia fuori mercato, molto al di sotto, quasi un regalo. E io accetto l'idea, anzi l'immagine di quel palazzotto mai visto prima mi si accende nella testa, vedo lo stadio in lontananza, e il capolinea degli autobus, e quel piccolo polmone verde che circonda la mia nuova abitazione. 130 mila euro. Un regalo. Varrà almeno 10 volte di più. Ho paura che l'abbiano già venduta, ma la tranquillità di mio padre mi placa questa paranoia da sottosviluppato evolutivo. Non smetto di comportarmi da figlio minore inascoltato.

Quello che mi colpisce è il sorriso sexy di quel fiore che accompagna mio padre. Ero rimasto a quando non poteva che prepararsi a infilarsi comodamente in una bara e questo suo scatto di vitalità improvviso mi prende in contropiede, mi sento come un corridore dei 10.000 metri piani che viene doppiato sul traguardo dal vincitore. Penso che finalmente mi è stata restituita l'infanzia, il gioco, la mia vita.

Quello che mi differenzia dal resto del mondo è che il resto del mondo non è in contatto 24 ore al giorno con i miei pensieri. Questa riflessione l'ho fatta proprio in quel momento, quando mio padre per la prima volta nella sua vita si è accorto di me. Forse ero troppo rinchiuso nei miei pensieri, non lasciavo al mondo molto spazio per cambiare. A mio padre almeno. No, ai mutamenti di mio padre non ci ho mai creduto. Eppure, era così. Era là, mutato. Rinnovato. Mi si era avvicinato unilateralmente. Non l'aveva fatto dopo uno scampato attentato terroristico o dopo una rientrata diagnosi di tumore al cervello. Non è accaduto mentre vedeva un film tipo *L'incompreso* di Luis Malle, né davanti all'evaporazione dell'ultimo strato di ozono sull'Antartide. Nessun asteroide è in rotta di collisione con la Terra, e il Sole ha ancora abbastanza idrogeno per le sue reazioni nucleari. Il livello dell'acqua sale a una velocità da consentirgli di usufruire della baby-pensione fino alla fine dei suoi spasimi interiori. Ha perso l'ansietà, l'obesità, la pesantezza dei suoi commenti fuori luogo, lascia guidare l'automobile a quella docile donna dagli occhi di gazzella e non divide più le posate e i piatti sporchi nel lavandino per paura dell'entropia.

Sara. Io una ragazza come lei l'ho sognata per anni. Ci manca solo che me la ritrovi impacchettata il giorno del trasloco, nel giardino, all'interno di un favoloso gazebo. Non li ho mai visti che si baciavano. La mia gelosia è puro terrore di invecchiare. Ho preso anch'io la malattia, e presto soccomberò. Solo che questa nuova prospettiva di un possibile rapporto, pardon confronto, con mio padre mi obbliga a correre assieme al tempo e magari anche a caricare l'orologio. Ora che ci penso, mi ha regalato un orologio bellissimo. Trendy. Odio sentire il polso stretto in una morsa cronometrica. Ma non posso fare a meno di indossarlo, è un'occasione unica. Il bello di questa fase puramente iperreale è che mio padre mi ha anche regalato un architetto. Proprio così. Ha chiamato un tizio veramente alternativo, modernissimo, di quelli che quando hanno finito trasformano un luogo dove abitare in un luogo di culto. Di quelli che sei costretto a chiamare ogni tot anni per non ridurti a usare gli oggetti della casa per la loro vera funzione.

Ho questo creatore di atmosfere che lui chiama qualcosa come *funzionalismo minimalista egosintonico*. In pratica, noi abbiamo bisogno di uno spazio dove curarci, dice. E non, come crediamo sempre, dove rintanarci e difenderci dal mondo. L'idea è di rendere tutto propedeutico a una vita più armonica con la propria anima. Vi risparmio il resto. L'adoro. Gli ho già fatto fare almeno 10 progetti con piccole ma sostanziali modifiche dei vani, o *luoghi di confine divergenti*. Sembrano uguali a un occhio non allenato. Ho imparato il concetto di *percorsi euritmici*...

Guardo mio padre dal basso in alto. Ha riscattato in un attimo anni di fuga dalla famiglia che aveva creato lui stesso. Mi ero sempre domandato perché avesse giocato al ruolo del Principe Azzurro per poi farsela sotto proprio alla Prima. Sara è con me, mi consiglia. In verità, spesso mi spiega quello che mio padre mi consiglia, e io scopro che erano anni che non trovavo le sue osservazioni così assolutamente ineccepibili. Mi accorgo che Sara mi tratta come il suo figliastro.

«Da quanto vi conoscete tu e il babbo?» faccio io guardando una sezione ventrale del prospetto del mio salone. Lei mi guarda e sorride. Anzi no, io avrei voluto che sorridesse. O meglio sorrideva, sì, ma non per quello che avevo detto. Dietro di me c'era papà. I suoi occhi mi dicevano semplicemente "è lì, chiediglielo".

Ora, vedete, il problema è che non è facile trattare con il nemico di sempre. È come tra Palestinesi e Israeliani.

Dopo decenni durante i quali hanno costruito il proprio consenso popolare sull'irrigidimento sulle proprie posizioni e la devozione alla propria causa, i leader delle fazioni opposte, anche se si trovano simpatici e sono d'accordo, hanno un dubbio lancinante. Servire un futuro che nessuno ha mai veramente visualizzato, oppure dare da mangiare ai propri figli? Scelgo il rischio della fame.

«Papà, da quanto...»

«Hai scelto? Non dirmi che ti stai cagando sotto proprio all'arrivo!»

Questo slalom proprio se lo poteva risparmiare, anche perché ha ragione. Cosa si fa quando improvvisamente non si ha più davanti a sé il nemico di sempre? Si seppeliscono i morti? Si raccolgono e distruggono le armi? Si va in vacanza? Si marcia nella capitale avversa? Mi ripeto mentalmente gli avvenimenti salienti degli ultimi 4.000 anni di storia, dall'età del bronzo a oggi.

«Papà, se vi sposate posso farti da testimone?»

«Ok, come vuoi. Vorrei solo sapere...»

«Ho scelto la versione: *Riconciliazione.*»

L'ho sognato certamente. Domani è novembre. Tutto questo non può essere vero. Io ho un padre assente, e come potrebbe mai diventare presente, oggi, a così tanti anni da quando avrebbe dovuto esserlo per necessità nostra o per amore suo?

Lo stupore è una forma di difesa dal cambiamento. È come un ammonimento al mondo esterno: "Hey, guarda che io sono abituato ad altro, sei ancora in tempo a restare com'eri!".

Devo chiudere ogni interruttore. Blackout. Ora ho bisogno di tuffarmi nel giorno che sta arrivando. Il primo giorno di un novembre nuovo?

Primonovembre.

Mi sono svegliato stranamente di buonumore. Saranno stati i sogni della notte precedente. O il fatto che per una volta mi sento riposato. C'è una grande positività nell'aria. Accendo il computer e tra le notizie che trovo in internet, spicca un cambiamento radicale, che forse non cambierà effettivamente nulla nel computo totale delle cose (ammesso che sia confermata), ma per lo meno mi offre una breve sensazione di gioia reale: gli americani, a sorpresa, hanno scelto un presidente nero. Francamente pensavo che le elezioni USA fossero già state fatte da un pezzo.

Troppi segnali di miglioramento in due giorni di solito nefasti. Non vorrei diventare troppo ottimista tutto d'un colpo, come se il mio scetticismo radicale fosse stato soltanto una posa artificiale.

Ma una telefonata in arrivo riuscirà a darmi la speranza che, in fondo, vivo ancora nel solito fantastico e prevedibile mondo imperfetto di sempre, e che il mio negativismo *sturmundrang* può ancora sperare in una proroga.

Lavori del III millennio

Squilla il telefono. È per me.

«Ciao!»

Voce entusiasta dall'altro capo.

«Ciao...»

«Sì scusa, non mi puoi riconoscere dopo tanto tempo. Sono Piera Verra... la sorella di Filippo, ricordi?» Sì, sì certo ho capito. È la prima volta che mi chiama. Non l'ha mai fatto quando io e suo fratello ci frequentavamo. Prende tempo. «Beh, come stai?» e domande di rito una di seguito all'altra alle quali non faccio in tempo a rispondere tranne all'ultima che suona tipo... «Che stai facendo in questo periodo?»

Tutti quelli che ti incontrano, vogliono soprattutto sapere che cosa stai facendo. Se sei avvocato non ti chiedono proprio che causa stai seguendo, ma se il lavoro va bene, quello lo vogliono sapere. Ormai chi sei non importa a nessuno, come dice il mio amico Mauro. In verità lui ha uno stile splendidamente gay per comunicarti il suo disinteresse: "Chi sei?" "Beh..." "Sì, ma per favore sintetico, non c'è più tempo per conoscere realmente una persona!".

È un modo per non fare la solita domanda sulla tua qualifica professionale, ma senza per questo dire che vuole conoscere realmente la persona che ha di fronte. Alla fine si parla sempre di lavoro. Io sono precario dalla nascita. Ho sempre scelto lavori che non durassero troppo a lungo. È inutile mentire, anche se ci si dà un tono migliore, se sei disoccupato o in attesa dillo ed evita le lunghe spiegazioni tipo: "Sto seguendo un progetto...", o simili.

«Nulla.»

Sento un mormorio che sarei tentato d'interpretare come soddisfazione.

«Bene! Ti ho chiamato perché recentemente ho messo su una società e volevo parlarti di una proposta che potrebbe interessarti.»

Fissiamo un appuntamento la mattina dopo alle 12.30. Piera dice che mi farà incontrare il responsabile del progetto. Parlerò con lui. Bello, penso, vecchie conoscenze che pensano a te per offrirti una proposta interessante. Veramente una bella cosa. Mi sento gratificato. Ma cosa sarà? Immagino che loro sappiano qual è la mia attività principe, l'attore di pubblicità. Praticamente disoccupato. Per volontà. Non voglio scegliere nulla. Per non perdere nulla. Io ho un compito nella vita. Devo arrivare alla mia meta. Non sono nato per fare da schiavo. Non sono nato per servire un capo, ma un'intera generazione umana. Non si può sfuggire al proprio destino se non percorrendolo e portandolo a termine. Il mio si è temporaneamente arenato, ma il mio blocknotes mentale è stracolmo, tracimante di spunti.

Fantastico, penso, un posto con un mensile fisso. Il peggio che posso congetturare. È la posizione migliore per buttare al vento ogni mio ideale di vita. È anche la cosa migliore per mangiare regolarmente, se è per questo. Quello che mi chiedo è perché offrire a me un posto che potrebbe fare gola a lei. "Perché è la titolare?" mi chiedo, e come titolare… qualcosa non quadra ma non so dire cosa. Non quadra.

Mi presento all'appuntamento con i miei soliti dieci minuti di anticipo, il giusto per sembrare interessato e professionale senza dare l'idea di essere un pezzente con l'ansia da conto bancario in rosso. Non che qualcuno me l'abbia veramente mai fatto notare, in ogni caso ho lavorato duramente per trasformare la mia malattia dell'anticipo indecente in piccolo anticipo organizzato.

Mi accoglie una ragazza. Le dico con chi ho appuntamento e naturalmente mi aspetto un mutamento d'espressione, visto che *nomino la titolare,* che però non arriva. Aspetto due minuti in una stanza che è una sala riunioni convertita in sala d'attesa per me. Su un tavolo una serie di brochure, una per ogni posto. Tutto pronto per un breefing. Non vedo poltrone in pelle nera lucide, né ficus benjamin né quadri di padri o nonni dei fondatori della società. Niente di spocchioso. È tutto semplicemente perfetto. Nello stile che deve avere. Una sala convegni come ce ne sono in tutto il mondo. Aspetto.

Arriva Piera. La guardo. La studio. Mi ero aspettato un cambiamento dinamico in lei. Una versione aggiornata del perfetto manager. Qualcosa che strappasse un'immediata ammirazione o un commento pieno d'invidia o di incredulità. Invece no. È deforme all'inverosimile. Ha sempre teso all'abbondante, ma quando faceva sport in qualche modo si teneva su. È anche vestita come chiunque altro. Non è quello che ci si aspetterebbe da una donna in carriera. Non le dico nulla e il mio silenzio è peggio di un commento greve. Però qualche cromosoma in me mi suggerisce che se Piera è la titolare di una società di successo, dovrebbe essere abbronzata, ben vestita, brillante, piena di argomenti squillanti con cui ingannare le attese e gli spazi inattivi tra un fare e un altro fare. Dovrebbe esprimere quel non-so-che sinonimo di convinzione e capacità di convincimento. Dovrebbe persuadermi a comprare ogni sua proposta in blocco a prima vista, da come si pone e da come mi sorride. Non vedo traccia di tutto questo. A meno che non sia tutta una copertura. La seguo. "Chissà chi sarà questo responsabile", penso. Qualcosa la intuisco quando mi fa sedere dalla parte plebea di un'enorme scrivania che prende il 50% dello spazio di un piccolo ufficio e lei si siede accanto a me. Forse non vuole farmi sentire troppo minuscolo. Forse non vuole mostrare troppo pacchianamente il suo successo per farmi sentire a mio agio. È la democrazia, mi dico. Riusciamo solo a dirci, «come va», e «bene, grazie», in sequenza rapida senza risposte, perché passa poco più di un microsecondo e fa la sua apparizione un uomo sui cinquanta, con un'aria tipicamente romana. Il responsabile. Occhialoni a goccia anni Settanta da circolo del biliardo, pancia prominente, volto rotondo con un doppio mento ostentato con orgoglio privo di autoconsapevolezza. Sorrisone positivo di chi ti sta per rifilare una rogna. Scarpe Timberland di almeno tre anni, camicia celeste standard e blu jeans sotto una giacca anonima di un vestito che ormai sogna il riciclo. Anche lui non richiama l'idea del successo. Mi sembra più un soggetto da circolo canottieri. Il tipico elemento onnipresente che tutti chiamano con un epiteto mai del tutto chiarito, commendatore o direttore, che non partecipa ad alcun torneo né di tennis né di bridge, che non ha nessuna qualità se non esserci e forse fare piccoli favori ad assistenti di parenti di pezzi importanti. Tipo prestare il proprio abbonamento allo stadio per una domenica, oppure aspettare in macchina l'arrivo di tizio e inscenare la sceneggiata del "le lascio il mio parcheggio", per attribuire al caso la sua mediocrità.

Si siede e parliamo del più e del meno, ma soprattutto di «quellospotchehaigiratoechetuttimadicotuttihannovistomachebellobravofaibeneanonfartiproblemiperguadagnarefarsileossaèimportanteancheiohocominciatodallagavettaeorahocostruitotuttoquesto...», riesce a prendere fiato fissando un punto imprecisato sul corpo di Piera, poi dà inizio alle danze. Il suo ritmo è rallentato. Scandisce le parole, facendo una pausa d'effetto dopo ogni frase.

«Bene, tu vorrai andare subito al dunque... Ecco, quello che ti propongo è un'attività imprenditoriale... e non è una fregatura... perchè non devi tirare fuori una lira... e non devi vendere nulla, per questo prenderei dei ragazzetti non credi?»

Sorrido appena. Sono tutt'orecchi. Concentrato. La domanda è sempre quella. Perché proporre a me un lavoro da *imprenditore* quando non ho né l'esperienza né la tendenza arrivistica?

«Dividerò il discorso in tre punti essenziali. Marchio, mercato, prodotto.»

Emme, emme, pi. Non vedo una lavagna, ma immagino già l'esistenza di grafici e tabelle. La sta prendendo alla larga. Il cerchio si stringerà. Qualcosa mi dice che non c'è nessun lavoro in ballo. Ma sono qui per apprendere. C'è tempo per rispondere. Ogni azione a suo tempo, mi dico.

«Il marchio: la Munchnerische. Una garanzia. Il mercato: quello previdenziale. Un settore tutto da conquistare. Il prodotto: noi. Io, Piera, soprattutto, e te, se ti interessa. Il prodotto siamo noi. Capisci?»

No, non capisco. O meglio capisco. MLM, il Multi Level Marketing. Una vecchia storia. La frottola del libero mercato. Con la variante della previdenza. E con la variante che l'hanno offerto a me. Non sanno l'errore che hanno fatto.

«Vedi com'è semplice? Io sono come te, non mi fido di nessuno che mi vuole mettere in queste situazioni... ma il marchio, la Munchnerische, che garantisce la qualità del prodotto, mi ha fatto rizzare le orecchie. Ho detto a me stesso, prova no? Che costa provare. Tu hai da fare questo week-end?»

«Non proprio.»

«Ce l'avrai una mezza giornata libera...»

«Ssì...»

«Ecco, allora in questo week-end degli esperti del settore ti potranno spiegare al seminario base quello che io qui non posso dirti in due parole, anche io per capire ci ho messo un po', ma dopo quel fine settimana tutto è diventato chiaro. Mi sono detto, perché non tentare? In fondo a me che me ne frega, il lavoro ce l'ho, al massimo, mi dico, li mando a cagare, no? Giusto? Ormai sono sei mesi che ci lavoro. Guarda, basta che dedichi una parte minima del tuo tempo, cinque minuti oggi, una mezzora domani, quello che basta per organizzare il lavoro. E poi sai che mi è successo dopo solo sei mesi? Ho visto arrivare un assegno da 3mila euro in Banca, zac!, come niente fosse, neanche me ne sono accorto! 3mila euro non fanno male, no? Per ora non sono molti, ma ti arrivano così…»

«Ehm…», cerco di attirare la sua attenzione.

«… quasi senza accorgertene, e questo fatto mi ha convinto sempre di più… dimmi.»

«Bisogna pagare qualcosa a questo Seminario Base?» Non si aspettava la domanda. Inclina leggermente il capo da un lato, come un cane che ti scruta per capire se sei un simile del suo padrone. «Bisogna pagare?» incalzo.

Risponde guardando Piera, quasi scoperto.

«Beh, ci sono delle spese, ti danno il materiale, ti spiegano tutto, ci vengono degli esperti, quelli con i dindi, quelli che hanno una posizione, mica uno come me… poi l'hotel… insomma, che sarà una spesa così trascurabile vista l'importanza del progetto…» Insomma non si riesce a capire quanto. Riprende lentamente, facendo un po' di fatica. «Dicevo, che visti i primi risultati ho pensato di dirlo a delle persone fidate, perché qui non devi vendere ma parlare, non si tratta di convincere nessuno, è come se tra amici o parenti, tu racconti una storia, e come possono non essere interessati? Non è un estraneo che ti viene in casa e ti vende dei prodotti per la casa, no, qui siamo tutti amici, conoscenti, colleghi, è inevitabile che si crei fiducia, è un prodotto amico, tu ne parli con un amico, gli spieghi tutto e lui viene con te e diventa anche lui un monotitolare, e inizia anche lui la sua bella attività in proprio. Infatti l'ho detto a Piera, che è una professionista seria e affidabile e lei si è aggiunta, e anche lei come te, visto che è intelligente, ha avuto i suoi bei dubbi, ma anche lei come me ha seguito questo fine settimana di formazione. Ti assicuro che le storie di queste persone che dal nulla hanno tirato su dei miliardi non possono che convincerti, e che siamo scemi?, dico io, anche noi possiamo fare la stessa cosa, anche noi abbiamo una rete di conoscenze adatte, è semplice come vedi, ma certo io te lo semplifico perché vedo che tu hai bisogno di concretezza, sei sveglio e i tuoi occhi mi dicono che ti poni delle domande abbastanza precise, beh, sapessi quante domande che mi sono fatto io, tipo, ma che cacchio ci sto a fare qui dopo tanti anni di onorata carriera? Io che faccio della mia professionalità la parola d'ordine, che cacchio ci faccio in questo posto dove non si capisce che cosa facciano tutti quanti? Io sono abituato a un certo senso pratico fidati, non mi faccio abbindolare dal primo che arriva, beh, sapessi come ho cambiato idea, pensa che sto anche coinvolgendo mio figlio che studia e mia moglie mi manda le maledizioni, quella santa donna, appena l'ha saputo me voleva menà... ma questa è un'occasione che non posso offrire a persone come Piera o te e negarla a mio figlio, qui si tratta di fare soldi senza quasi nessuno sforzo, mi capisci vero? I soldi non saranno tutto, ma meglio averli, e fidati quell'assegno in banca una volta ogni tanto non ti può che fare piacere, è come un regalo, tu fai la tua vita, le tue attività e nei ritagli di tempo dedichi un po' della giornata a questo prodotto, poi a fine mese o anche ogni 15 giorni ti arriva un assegno e neanche te ne accorgi, pum!, sei più ricco, ti fai le vacanze, ti compri una macchina, ma chi può dire di guadagnare soldi con un metodo così semplice? E tutto in una forma nuova, rivoluzionaria, sì, è vero che già esisteva, ma quelle erano società di vendita, prodotti per la casa, elettrodomestici, mi vedi a me a vendere casa per casa un'aspirapolvere? Pensa che quest'azienda era settantaquattresima del settore sei anni fa prima di iniziare questa sua avventura, ora è terza, vorrà dire qualcosa no? Ha creato una struttura solida di amici e conoscenti, delle persone fidate, una piramide, sì, ma diciamocelo, in fondo tutta la vita è una sorta di piramide, c'è chi sta su e chi parte dal gradino più basso, si parte sempre dal basso, ma poi se hai le capacità e la fortuna puoi arrivare su, in cima, e non si deve vendere nulla. Qui non si vende si parla così come sto parlando io adesso a te, siamo due persone, tu mi conosci grazie alla presentazione di Piera, e io mi fido di Piera, tu ti fidi di Piera come me e quindi lo vedi che già c'è una certa fiducia tra di noi? Oh-adesso-io-però-devo-andare-ti-lascio-con-Piera-e-se-vuoi-ma-me-sa-che-non-te-ne-frega-un-cazzo-eh?-beh-se-vuoi-con-calma-ci-pensi-e-ci-vediamo-sabato-al-seminario-base [pausa respiro] Ora Piera ti spiega il resto, se vuoi farle delle domande… e se vieni questo fine settimana sarò felice di rivederti. Ok? Beh, io ho una riunione. Mi ha fatto piacere conoscerti. E ricorda, le cose più semplici ce l'hai sotto il naso e se te le lasci sfuggire un giorno te ne potresti pentire. Con te Piera ci vediamo dopo.»

Esce. Rimango sospeso nell'aria fluttuando tra l'invincibile fottuto desiderio di andare fino in fondo e vedere fin dove arriva la debolezza della psiche umana, e quella di inserire la testa di Piera, la mia amica, nel video del computer. "Come cazzo ti sono venuto in mente?", penso fissandola impietrito. Comincia a parlare spinta dall'horror vacui.

«Ecco, vedi, mi sei venuto in mente perché anche tu hai un'attività che ti permette di avere momenti di libertà, magari non fai nulla per qualche mese, adesso infatti non fai una sega, cioè volevo dire, non è che non fai un cacchio, però ora sei libero, no? E quindi hai il tempo e anche l'interesse di incamerare qualche dindo, giusto? E qui siamo ai dindi veri, suonano che è una meraviglia. Dopo anni di culo è giusto starsene a contare l'argent, dico bene? Guarda che io già vedo il mio assegnino mensile. Una manna. Se continua così lascio 'sto posto qui e me metto tutta a lavurè in questa iniziativa. Non credi?»

Vorrei ringraziarla per la spiegazione esauriente. Ma sento dentro di me qualcosa che sta covando. In fondo il modo migliore per disintegrare un idiota dannoso che si crede intelligente è di lasciargli tirare fuori tutta quella che lui crede sia la sua intelligenza. Solo allora, davanti a quella marea di letame, potrà avere qualche tentennamento, uno dei primi, che inizialmente non riconoscerà come dubbio, ma come stanchezza o chissà che. Ma quel tarlo, quel piccolo mostriciattolo che avrà tirato fuori, lavorerà nell'ombra fino a disintegrare tutto il castello di idiozie. È una mia teoria finora difficile da smentire.

«Oh, guarda che ci sono tipi che hanno fatto fino a 40 milioni di euro e alla fine hanno lasciato tutto e se ne sono andati a godersi la vita. Magari questo rompe l'equilibrio perché lascia una casella vuota, ma se vuoi lo puoi fare. E lo si capisce, no? Ok, senti, ora avrei da fare, ma fatti sentire. Ti assicuro che se vieni sabato, non potrai che entusiasmarti come tutti noi.»

Mi alzo. Non dico una parola. Guardo quel corpo da infelice e penso che qualcuno lavora per ore per vendere delle previdenze sociali mercificando le relazioni familiari e di amicizia, senza diritti né garanzie e quello che vende va in parte nelle tasche sue, di lei, della deficiente che mi ha pensato per inserirmi in una catena di S. Antonio. Penso che vorrei vederla soffrire di anoressia, soltanto quanto basta per farle capire quale sarebbe la linea giusta per simulare l'aspetto di una *grimpeuse*.

Tutto questo non esiste, non è un lavoro, non è nulla, è il metodo di chi ha i miliardi per farne ancora di più. E io sono stato chiamato perché sono un pezzente, ovvio. Più sei giù nella catena e più sei pezzente e pezzente rimarrai. Lo sanno tutti. Lo sa anche Piera. Il suo capo le avrà detto (perché lei non è neanche un capo come m'aveva millantato): «Ma come, ti fa schifo la ricchezza? Allora ti licenzio brutta testa di cazzo! Comprami 'sta previdenza, e iscriviti al seminario base!!».

Voglio separarmi da tutto questo lasciando il segno.

Esco più povero di prima. Ma pesante. Schiacciato dalla visione piramidale. Non è la prima volta nella mia vita che mi propongono un affare demenziale di questo tipo. È la prima volta del terzo millennio bastardo.

Poi ho un'idea. Parteciperò al Seminario Base, ma prima la rapirò, la legherò e le farò un decondizionamento mentale, l'obbligherò a pagarmi il costo del week-end, perché la mia è una missione per conto di una generazione. Una missione dai risvolti spirituali. Io ho il compito di sterminare gli insulsi *cerebral-washer* che popolano questa terra. E lei, la serva, il piccolo verme informe, sgorbio di essere umano, lei me ne darà l'occasione. Sarà la mia agente infiltrata, volente o nolente. Farà il doppio gioco. Deciso.

Svolto l'angolo. E aspetto. Aspetto l'ora x. È mattina. Presto. La prima mezzora passa come fossero due ore, grassa, pesante, piena d'assurdi stimoli foschi densi di presagi. Ma la seconda parte dell'ora si contrae e sfila via leggera come un centometrista. Mi sento meglio, ho come sgravato. Mi chiama Marina. Rispondo.

«Non è il momento, ciao!» Attacco. Sento solo un: «Ho bisogno...». Non ci sono bisogni adesso, c'è solo l'attesa.

«Ho bisogno...», rimbomba per ore nei recessi del mio cervello vuoto come fosse una palestra deserta durante la pausa pranzo. Sento questo pallone da basket che rimbalza sulle pareti, urta gli attrezzi ginnici, quelli antichi che andavano una volta, dove ci slogavamo articolazioni a tutto spiano, bum! bum! bum! Quello che mi ha sempre angosciato è la capacità d'inerzia d'ogni moto negli incubi o nelle visioni a occhi aperti. Se qualcosa si muove non si ferma più, anzi acquista il moto perpetuo.

Le tre. Tre ore ancora. Se mi va bene. Mi sposto verso l'angolo dell'edificio che dà sul portone d'entrata. In quell'istante mi rendo conto che sono a vista. Qualcuno potrebbe pensare che sto facendo la posta a un nemico. Potrebbe immaginare le cose peggiori, anche quelle che io stesso ho progettato. Contemporaneamente mi rendo conto che sono a piedi e che rapire una persona a piedi è quantomeno un'impresa. Pensare a un'alternativa, subito, adesso. Odio non avere piani di riserva, ma non ce ne sono. Potrei semplicemente compiere un'azione dimostrativa e pugnalarla su un gluteo all'uscita dell'ufficio, come facevano spesso i gruppi extraparlamentari degli anni Settanta. Solo, che era tutto un altro il mio progetto. Oppure potrei fare un'azione imprevista e imprevedibile. La potrei assalire e portare nel proprio ufficio e attuare lì, in sito, il decondizionamento.

Penso e ripenso, arrivo alle cinque e tre quarti, a un passo da quello che penso sia l'orario di chiusura. Poi mi viene in mente che è un ufficio di marketing e che in quell'ambiente si lavora anche fino a tardi durante una campagna. Chiamo.

«Scusi dovrei consegnare un pacco, a che ora chiudete?»

«Ma chi è?»

“Brutta stronza, rispondi alla mia domanda!”

«A che ora chiudete ho problemi col traffico e devo consegnare una lettera [cazzo ma non era un pacco?] da parte... [dai inventa qualcosa]... da parte dell’Ufficio di Statistiche della Confederazione Generale delle Società ad Azionariato Variabile...» Aspetto un *vaffanculo* da un momento all’altro.

«Ah, sì, allora guardi oggi troverà qualcuno fino alle 20 circa.»

«C’è la dottoressa Verra a quell’ora?»

«Sì, certo, troverà proprio lei, credo.»

«Grazie, lei è molto gentile, siete tutti molto gentili in quell’ufficio, complimenti!»

«Grazie.»

Clic.

“Coglioni! Ecco cosa siete.”

Ancora due ore. Centoventi minuti davanti a questo orrendo bar pieno di ballerine senza scrittura bulgare o ucraine e finti capistruttura del network nazionale che si vogliono masturbare mentre le costringono a fare una spaccata. Attraverso il vetro noto all’interno un trio anomalo. O meglio, noto una ragazza dal viso sereno e riposato assieme a un tipico duo finto-capo-struttura/ballerina-senza-scrittura-bulgara-o-ucraina. Mi guarda come se dovessi salvarla da un bombardamento al Napalm. Non so che farti dolcezza, io ho un compito da svolgere, ne va del nostro futuro, mio e anche tuo, se sarai capace di approfittarne una volta compiuto. So che in meno di mezzora sarà in una stanza di qualche ufficio lercio a leccare la vagina completamente aperta dell’amica mentre il bavoso finto capo-struttura cercherà di eccitarsi nonostante la cocaina e l'alcool e il rimorso di una moglie malata e di una figlia della stessa età delle due tipe semipsicotica e destinata all'alcolismo e all'accattonaggio. Esagero un po', ma la vita non ti presenta mai una tragedia alla volta.

La ragazza dolce mi continua a guardare. Bip! Ho un sms in arrivo. L'ignoro, ma nello stesso istante risuona un residuo di eco. "Ho bisogno..." Marina! Leggo.

«Keat, non fare il sottosviluppato troglodita, ho bisogno di te. Non posso dirti al cell, vieni da me, ora!»

Col cazzo Marina, non posso! Non si può fermare la lotta di liberazione della categoria sul più bello. Devo punire una traditrice e i suoi capi-aguzzini. Una trentaqualcosa che ci svende al nemico. Se non lo faccio ora me ne pentirò e come minimo chiamerò una a caso per dimenticare facendo sesso, proprio ora che avevo deciso di disintossicarmi...

Passa un altro quarto d'ora, il più lungo ed esitante della mia vita, durante il quale la ragazza nel bar ha l'aria di rasentare il panico, mentre i suoi compagni si alzano per pagare il conto. Lui quello del bar, l'amica dell'interessamento dell'onanista televisivo. Rimane fissa sui miei occhi dando sempre maggiori segni d'ansia. Veramente sono accenni impercettibili. L'amica torna a sedersi. Lei mi sorride. C'è qualcosa che non va? Qualcosa mi urta sulla spalla. Non mi volto.

«Hey, dico a te... vuoi venire dentro con noi?»

Il bavoso mi sta invitando da loro. Lo seguo senza dire una parola. Sono le sette meno dieci minuti. "Vorrei chiarire un fatto. Non ho una lira e non ho voglia di entrare nelle tue assurde fantasie sessuali", penso.

«Ti piace Sara, vedo.»

«Mhm?»

«Dai, è mezzora che la fissi. Tranquillo, non c'è problema, anzi visto che siamo dispari mi chiedevo se ti andava di aggiungerti a noi. »

«Ah, e che fate?»

Non mi sono accorto che sono già al tavolo, e che la risata che segue è una sorta di malizioso accenno a quello che verrà. Le sette e dieci. Ora il tempo passa veloce come un treno giapponese.

«Sara, Maria, non sono i loro veri nomi, ma sai sono dell'est, chi la capisce la loro lingua... meglio chiamarle così, viene più naturale...»

Sono accanto a Sara, di fronte a Maria che non mi vede neanche per sbaglio. Sara mi anticipa la sua prossima mossa. Comincia a soffiare domande alle quali nessuno risponderà su cosa faccio e che cosa vorrei fare da qui a mezzora.

«Già, che cosa vorresti fare? Noi abbiamo un programma, ti unisci?»

Le sette e trentacinque. Sto perdendo il mio treno. Mi sto distraendo, sono in mezzo a un gruppo di estranei e sento che la mia indigenza momentanea sarà un ostacolo. Il tizio, che dovrebbe chiamarsi Gianni o Flavio non ricordo, mi dice di andare al bagno. Lo guardo come se lo avessi già dentro di me. Ride. Sempre queste risate, è da una vita che sono accompagnato dalle risate di gente che capisce tutte le allusioni al primo colpo e che non si degna di spiegarmi nulla.

«Vai in bagno, dammi retta. Sara lo accompagneresti?»

So come si va in un bagno, "cazzo le sette e quaranta!" e non devo fare nulla. Ho in mano qualcosa. Una bustina. Ecco, quello che ci voleva. Andiamo. La finisco tutta, lascio a Sara una pista della grandezza di un alluce e torniamo al bar.

«Avete fatto figli?»

Mi allunga la mano. Faccio segno che è finita.

«Mhm, il nostro amico è ingordo!»

Non è questo quello che volete, brutti stronzi?

Le sette e quarantacinque. Devo farmi venire un'altra idea delle mie. Bip! Un altro sms. Di nuovo l'eco impercettibile.

«Che altro c'è?» chiedo a voce alta. Sara crede che ce l'abbia con lei.

«Ssì, cioè, dicevo se ti va di uscire...», ripete lei intimorita.

«No, non dicevo a te... rispondevo a una voce... dentro di me. Lascia stare.»

Leggo il messaggio, è Marina, ovvio. «Keat, sei una mezza sega. Volevo presentarti una mia amica che si chiama #Maria# adesso t'attacchi. Ce la cucchiamo noi tre. NOI TRE, capito? Addio.»

Tutti dispari oggi. Sara ha smesso di alitarmi nell'orecchio e mi guarda perplessa. Flavio-o-Gianni fa lo stesso, le fa segno di continuare. Ma è il momento dell'ideona.

«Ragazzi, lo so io che cosa possiamo fare. Ho un'idea. Volete un'emozione forte?»

Non se l'aspettavano. Sono le sette e cinquantacinque. «Ok, venite con me.»

Mi alzo. Si alzano. Ci alziamo. Saliamo a piedi, nessuno fa domande. Sembra che aspettassero proprio me. Arrivato davanti al portone dell'ufficio esito un istante. La porta sembra un ponte levatoio, il campanello è distante chilometri e il tempo si ferma. Passano ere geologiche. Vedo la mia mano che si avvicina lentamente al campanello. Mi sembra di sollevare la Via Lattea. In quel momento si apre il portone. Vedo l'enorme fisico di Piera sulla soglia. È di trequarti e non ci nota subito.

«Verra!» fa Flavio-o-Gianni.

«Dottor Sghimberni! Keat! [una breve occhiata di orientamento] Hai cambiato idea?»

Il mio programma va in malora. È veramente velleitario cercare di mettere in atto progetti di rivalsa contro un sistema organizzato per fregarti. L'unica opzione è il massacro. Non ci sono attenuanti o alternative. Opto per una versione soft.

Prendo Piera e le intimo di sedersi, do istruzioni a una delle due tipe, Maria o Sara, di legarle mani e piedi, e inizio a *torturarla* spiegandole perché il sistema è una fregatura.

«Per guadagnare tanto come dite, un livello massimo ha bisogno di almeno mille persone nella *downline*. Mille! E così via. Al terzo passaggio, dovrebbero essere reclutate e attive UN MILIARDO di persone. Tutte nella tua cazzo di struttura del cazzo. Hai capito?»

«Io vedo i soldi che arrivano.»

«Brutta demente, lo capisci che quelli che mollano perdono i soldi che vanno direttamente nelle casse della

Munchnerische? Tutto quello che hanno speso in convegni, seminari, ma soprattutto nella famosa e dimenticata previdenza, è tutto perso. Lo capisci? Perso!»

«A me sta andando tutto bene. Non c'è ragione di mollare. Non sono una perdente.»

È dura, ho capito. Durissima. Sta viaggiando su binari strettissimi. Mi sembra come quando alla frontiera tra Francia e Spagna, andando in treno si deve aspettare che modifichino la larghezza degli assi tra le ruote per via dello scartamento maggiore in Spagna rispetto allo standard europeo. Dovrei spaccarle la testa. Le farei un favore. Farei uscire dal suo corpo quella massa marcia di lobi e materia bianca senza coerenza che la sta portando alla deriva.

«Ti do un'altra possibilità. Ti sei mai chiesta come mai questi convegni costano molto di più del costo dei materiali e dell'hotel dove si svolgono? Perché ti spingono a organizzare negli stessi luoghi gli incontri della tua linea, e a tue spese? Perché ti spingono a comprare una Mercedes? E perché spesso la compagnia impedisce ai distributori di aggiungere nuove linee, perché una volta entrato ti lasciano solo, perché ti portano via delle downline con le motivazioni più astruse? Ma soprattutto, se si vende una previdenza, perché non esiste un consulente vero, esperto, che ti consiglia e ti segue nel tuo percorso, fino al raggiungimento della meta, come dovrebbe essere per difendere il tuo diritto di sapere dove diavolo vanno a finire i tuoi soldi?»

«È tutto chiaro. I tuoi soldi vanno a sostenere un sistema che ti fa fare tanti più soldi. È un investimento sicuro.»

Bene. La giuria ti condanna a restare *te stessa ad vitam*. Te lo meriti. Cancellami dalla tua esistenza insulsa, però. Noi non apparteniamo alla stessa nidiata umana. I tuoi interessi non sono i miei. Nonostante l'età. Abdicare dai propri diritti è veramente il più imperdonabile tra tutti i possibili peccati. Soprattutto quando hai gli elementi per riabilitarti.

«Andiamocene!» dico ai miei complici. Ma loro, stanno mettendo in atto il loro gioco erotico nella sala riunioni, sbavando sulle brochure e sui blocknotes. Me ne vado. Solo.

Quando arrivo da Marina sono le dieci. Mi apre in kimono fatta come un pollo arrosto a cui hanno dimenticato di togliere le penne. Mi fa entrare e mi indica il divano dove noto una sagoma femminile.

«Se riesci a svegliarla e a farla parlare sei il mio mito personale.»

«Chi è?»

«Scoprilo da te.»

«Dai, basta con questi indovinelli!»

«Il mio doppio...»

«Marina due! Allora da te c'è...»

«Lui. Notte Keat!»

Solo ora capisco che Marina voleva ricreare il quadrilatero demenziale. La simbiosi amicale. Questa sua missione la sta trasformando troppo. Forse è il momento di agire. Mi distendo sul sofà. Poi nulla che valga la pena ricordare. Nella notte vengo assalito da enormi robot che procedono ammassati all'interno di una Mercedes nera indossando occhiali da sole a forma di dollaro e che mi vogliono tatuare sul corpo gli slogan e le parole chiave del MLM della Munchnerische: *Visione Creativa. Coscienza della Prosperità. Sostegno della Comunità… Essere in Filosofia…*

Vorrei non svegliarmi mai più in questa realtà. E non è detto che non stia ancora dormendo. Ma domani prendo di peso Marina e la riporto sulla retta via. Ormai il materiale in mio possesso è sufficiente. Possiamo ricominciare a lavorare. *Raoul-missionimpossible* permettendo.

Marina ha sentito gli amici intimi e ha deciso di riprovarci. Evidentemente con Raoul non va così da dio. Dev'essersi perso in una delle sue scorribande acchiappa-tutta-l'ammirazione-del-mondo.

La riunione è fissata a casa di uno dei nostri amici fissi, un attore. Mirko. Casa sua si presta molto bene alle "riunioni tra intimi". Siamo stanchi di organizzare convention fantasma, quindi decidiamo di improvvisare.

Mi siedo su un divano-letto matrimoniale. Accanto a me Marina. Abbiamo sulle gambe un plaid rosso di lana, uno di quelli a quadrettoni, rossi e bordeaux, consunto e aromatizzato alla naftalina. Mirko non ha il riscaldamento. Anzi sì, ma non lo accende perché si trova in un momento di penuria di mezzi. Ogni volta che un lavoro finisce pensa di essere ridotto in miseria. Organizza cene apposta per riempirsi il frigorifero. Ognuno di noi porta un piatto pronto e una bottiglia di vino. Lui mette il camino, il primo e una serie di resti di bottiglie di superalcolici che dovrebbero stemperare l'atmosfera ghiacciata. Io e Marina abbiamo accettato. Un luogo vale l'altro. Mirko ha una nuova fiamma. Luisa. Lavoravano insieme nell'ultima tournée teatrale. Sei mesi di compagnia in giro da una provincia all'altra. È il decentramento. Oggi ti svegli a Saronno, domani reciti a Bitonto. Si sono messi insieme al secondo giorno di repliche, a Reggio Emilia. Finita la cena della prima lui, dopo averla blandita e sedotta con ogni battuta di spirito e ogni promessa di notti di sesso sfrenato, aveva deviato sconsolatamente verso la sua camera da letto d'albergo in preda a uno stato di confusione adolescenziale. Mi ha confessato che mentre stava per baciarla si è ricordato che aveva dimenticato di fare gli auguri a sua madre, settant'anni!, e questo gli era bastato per fargli passare ogni possibilità di erezione.

«I compleanni non dovrebbero più essere festeggiati dopo i 40. Ma soprattutto mi domando: a che età si smette di considerarsi figli?»

Due temi di discussione molto proficui. La notte dopo lei gli era piombata in camera con una scusa imbecille, tipo: «Hai voglia di leggere con me la parte che mi ha offerto il Teatro Stabile di Bolzano?».

Non c'era nessuna parte, nessun lavoro in vista. Era solo la solitudine da tournée che incombeva.

Dopo una stagione in giro, ogni attore torna essere umano semplice e, se non ha la certezza di un lavoro davanti, anche depresso cronico. Siamo qui a sedare la sua depressione. Luisa non è ancora arrivata. In compenso Marina ha portato Raoul che nel frattempo, da suo uomo fisso, è diventato una sorta di figliol prodigo.

«Mi sembra cambiato», le faccio mentre Mirko prepara l'antipasto.

«Hai visto? [pausa] Scusa, in che senso?»
«È, molto "Marinesco", non saprei...»
«Marinesco?»

Sì, l'aveva modellato a sua immagine e somiglianza, era diventato come lei, identico anche nel modo di respirare e di emettere impulsi neuronali. Una copia esatta. Un'imitazione ben riuscita. Oppure no, era lei che aveva ceduto questa volta. Senza darlo troppo a vedere, evidentemente.

«Non capisco se è diventato come lo hai plasmato tu, o se sei tu che nella tua eterna ricerca ti sei trasformata in qualcosa di Raoulesco.»

«Non dire cazzate Keat, sei geloso come una Tigre del Bengala.»

Già, come sempre il pulpito da cui si parla è sempre quello sbagliato. Eppure la mia percezione non è del tutto inesatta. Ho come la sensazione che il suo rapporto sia agli sgoccioli. Resta quella dose di orgoglio che la fa restare incollata al concetto di rapporto. Vedremo.

Comunque Raoul non è venuto solo, no, ha portato con sé Vivian, una sua amica, dice, sfortunata. Oddio, secondo i punti di vista. Laureata alla LUISS di Roma in Economia dei mercati e degli intermerdiari finanziari col massimo dei voti, Master in New Economy conseguito in tempo record in una delle Società più in voga, la E-Business-Consulting, fondata dal giovane e-manager più ricco del primo anno del III Millennio, tale Guido Signorini, al momento consulente di un'impresa terrestre e non virtuale con uno stipendio così alto che a definirlo stipendio mi si strizza il pancreas. Chiamarla sfortunata è come tentare un rocambolesco gioco di ribaltamento sociale, ma è proprio così perché la natura dove mette toglie. Vivian oltretutto è bellissima, solo che ha questo male sconosciuto di cui Raoul non ha detto molto di più per ora. Lui dice di esserne rimasto estasiato. Ha subito sentito che doveva fare qualcosa, non si sa cosa, per lei. Per se stesso. La sua sindrome si è compenetrata con quella di lei.

Si sono conosciuti in una profumeria, volevano tutt'e due la stessa confezione d'ombretto color terra continentale. Un prodotto che va a ruba tra le top manager e le casalinghe frustrate che si prostituiscono durante il giorno. Costo reale 1 euro circa (+ manodopera ecc. ecc. = 5 euro circa). Prezzo di vendita al pubblico 80,12 euro. Raoul lo voleva regalare a Marina (e già questo dovrebbe insospettirla), Vivian ne faceva una questione di vita e di morte. La pubblicità dice: «O'Vien, naturalmente voi stesse». Quel naturalmente non si riferisce all'assenza di sperimentazione sugli animali, cavie o topi o cani che siano, o all'assenza di sostanze potenzialmente nocive alla salute, ma al desiderio dei consumatori moderni di sentirsi in armonia con il resto del mondo anche se lo inquinano, lo vivisezionano e lo deforestano per produrre ombretti di quel tipo. Insomma, Raoul pretende il suo regalo, lei pretende di avere la precedenza come donna, ne nasce una discussione. Vivian, come tutte le persone nella sua condizione, non nasconde il suo perché. La reazione di Raoul a quella rivelazione non si spiega, come ha ipotizzato Vivian, col suo senso di colpa causato dall'aver insistito nei confronti di una persona malata fino al punto da metterla in imbarazzo. No. Raoul intravede in lei l'essenza della sua carenza affettiva e morale. Si sente attratto e respinto dalla malattia di lei che, a quanto pare, ridurrebbe all'anonimato e al tempo stesso a una riconoscibilità assoluta. Anonimato e riconoscibilità. Avesse quella malattia, finalmente potrebbe riposarsi e ottenere il suo risultato – rimanere nella testa di chiunque lo incontri – senza dissipare continuamente la sua energia vitale. Altrimenti potrebbe vivere tutto questo per interposta persona! Marina queste cose non le può ignorare, lei adora gli uomini potenziali.

Inutile dire che i due, in profumeria, attaccano discorso e, per un verso o per l'altro, si dimenticano della terra rossa… Tornano a casa a piedi perché, chi per una ragione chi per un'altra, odiano la folla dei mezzi pubblici e non vogliono dare soldi alla: categoria di inciviltà più alta dopo quella dei macellai, i tassisti, si dicono. Questo dieci giorni fa. Il tempo esatto della sparizione presunta di Raoul. Poi il ritorno e la confessione.

«È solo un'amicizia, no, molto di più. È l'incontro tra due anime affini! Non puoi impedirmi di vederla!»

Marina sulle prime voleva soddisfare il desiderio di Raoul con una pialla, ma sembra che abbia accettato quest'amicizia, perché lui le ha assicurato che di sola amicizia si trattava. La salva il fatto di non essere contagiata dalla gelosia morbosa. Certo, avere a che fare con un sapone viscido, non le rende le cose facili. Mi viene in mente una sua frase topica: "Quando un uomo si comincia a comportare come un figlio capriccioso, siamo di fronte al disastro".

Non si è accorta di trovarsi, ora, in questa situazione standard. Credeva di essere lei la prescelta dell'ispirazione di Raoul, il punto di svolta della sua vita. Invece si sente sorpassata dall'ovvio.

Martedì scorso, pomeriggio inoltrato. Telefonata.

«Quell'idiota mi ha tradito! Ci pensi? Mi ha tradito...» Anche il mollusco allora ha un'attività! «Io l'ho preso che era un povero inetto, non sapeva neanche dell'esistenza di un curriculum vitae, a 36 anni. No, dimmi te se ha un senso. Il curriculum vitae è la prima cosa che impariamo a fare. La seconda è che non serve a nulla, certo... ma come si fa a non saperne fare uno?» Era fuori di sé. «Io mi sono messa con lui perché c'era materiale su cui lavorare, era vago, quasi impalpabile anche se con enormi potenzialità, si sforzava di essere ricordato tout-court e faceva l'effetto di chi lascia impressa una traccia indecifrabile, e chi si va a trombare? Miss Faccia di Gomma? Non è il tradimento. Lo sai, la fedeltà non esiste. È l'apparente mancanza di legame, il nulla, questa indeterminazione eterna...», e poi singulti pieni di rabbia.

Accanto a me, seduta su una poltroncina stile anni Settanta, modello primo hi-tech in finta pelle rossa, Laura, una pittrice, l'eccentrica, l'onnipresente. Una che non è amica di nessuno in particolare, ma che è invitata da non si sa chi a tutte le cene e le feste della città e dei dintorni. Non ricordo mai di averla vista con un uomo, non so se scopi, questa cosa è destrutturante, vorrei capirlo. Laura ha 30 anni, è eternamente la più piccola. Gira il mondo, dice. In effetti sparisce per settimane e riappare con un look nuovo, abiti acquistati nel suo nuovo luogo di "dispersione delle tossine metropolitane". Compone per lo più quadri astratti polimaterici, qualcosa che sta tra il Futurismo anni Trenta-Quaranta e Burri. Secondo lei sono dei ritratti dell'anima. Vive a Roma ma vende molto all'estero. Qui la sua arte è spazzatura. Fuori la sua spazzatura è arte. Fa i tarocchi e non si fa pagare che con una monetina simbolica, per la buona sorte. La sua specialità però è una sorta di iridologia mischiata all'esplorazione digitale del palmo delle mani. Una volta mi sono lasciato coinvolgere nei suoi esperimenti al termine di una cena finita in una produzione incessante di spinelli. Ero fuori di me come un postino nella nebbia notturna di una città padana e, mentre lei mi palpava le mani, ho avuto una delle mie erezioni più significative. Sentivo una forza cosmica che mi proiettava verso quella che Marina ha in seguito definito sarcasticamente retro-reincarnazione in un re maya e, senza rendermene conto, le ho abbrancato un polso e le ho avvicinato una mano al mio corpo quasi implorante.

«Non ti lasci andare, hai l'energia bloccata. Non si può lavorare così!» mi fa come uscendo da una trance.

Un attimo di silenzio e sono di nuovo prono che mi faccio leggere l'aura. Svanita ogni traccia di Uxmal e del giaguaro ringhiante che fagocita il giorno... È il nostro ultimo contatto. Circa dieci mesi fa. Cosa ci fa qua, oggi? Chi l'ha chiamata?

Ci sono anche Vito e Clelia. Lui dice di essere un regista-attore, lei scrive. I due personaggi più tollerati che io conosca. Il fare confina nelle menti dei più con l'essere grandi. Vito è stonato, anche nella recitazione spesso la forza di un soggetto è casualmente inferiore a quella di un verbo e la frase se ne va letteralmente a puttane con giustificazioni di vena artistica e stronzate simili. Lei scrive testi di cui non conosce la provenienza. È una donna che scrive opere drammatiche. Non ce ne sono altre in città. (In gran parte le autrici sono prese dal trend da confessioni sessuali intime o da scurrilità becere, tutto al femminile, perché fa più scoperta di qualcosa di cui fino a quel momento il mondo ignorava l'esistenza.) Per questo non la stroncano. Lui trova gli spazi e i tempi per rappresentare le atrocità di Clelia, e il mondo circostante, nel vederli sempre in scena, china il capo succube e se li fa piacere. Per un periodo di tempo pensavo che nascondessero un segreto, o un talento *off* che non ero in grado di afferrare. Ma frequentandoli, sempre in compagnia d'altri, ho intuito che sono quello che appaiono. Un grande bluff, ma non voglio rivelargli di esserne i protagonisti. Sono privi di conversazione sociale. Tutto il loro interesse si spinge a una distanza massima di due millimetri dalle loro epidermidi. Anche in scena si recitano addosso, come sbrodolando battute e movimenti in una forma di narcisismo integralista. Li guardi e ti trovi a pensare a cose tipo: "Avrò ancora delle uova in frigorifero?". Sono validi rappresentanti della nostra generazione. Illusa e illusoria. Tronfia e ridondante. Ma soprattutto spesso inconsapevole. Li volevo dall'inizio. Sapevo che avrebbero accettato. Ma so che sono venuti per un motivo diverso da quello per cui sono stati invitati. Captano puzzo di evento glam. Per me rappresentano gli effetti devitalizzanti di un sistema. Loro si considerano un'elite culturale utile all'emancipazione della categoria.

C'è anche Grethe. Ma è fuori posto. Lei è sempre fuori posto fuori di casa sua. È una mia amica, amica amica. Devo spiegare. Ci sono diversi tipi di amica. Il primo tipo è rappresentato da quelle pochissime elette con cui si rimane solo amici e non si va a letto, né si fantastica di fare sesso, tranne qualche volta da ubriachi. Nel secondo gruppo ci sono le amiche di vecchia data con cui dopo anni si fa sesso da single e si evita il problema di innamorarsi e tutto il resto, rimanendo amici col tarlo (il tarlo è la possibilità che riaccada). L'ultimo gruppo è pieno di donne con cui inizialmente si è fatto sesso e che poi, in un modo o in un altro, sono diventate amiche. Grethe fa parte del primo gruppo.

È una donna in carriera alternativa. Non è manager o broker o dirigente d'azienda o direttrice del personale. È ufficio stampa e PR di un'agenzia di campioni sportivi, sciatori, atleti, schermitori ma soprattutto campioni di calcio a cinque. Praticamente, lavora nello spettacolo. Oggi tutto è spettacolo, le cose importanti e ricercate o sono rappresentabili o hanno una loro forma di messa in scena. Tutto il resto è poco ammaliante. Resta a disposizione delle persone meno ambiziose.

Grethe ha avuto per anni fidanzati fissi e mediocri. Mi domando se per essere fidanzati fissi non si debba per definizione essere mediocri. Poi ha scoperto la fluidità del far passare nel proprio letto uomini diversi a seconda del proprio umore, il tutto giocando sempre alla preda che ambisce a finire sullo spiedo del cacciatore più abile. La sua diversità è nell'averlo fatto per sua evoluzione personale e non per esibizione o per tendenza.

Grethe conosce Laura da molti anni, dal liceo. Cosa che Laura sembra voler lasciare nel baule del: "Quella non ero la vera me stessa". La loro è stata semplicemente una presenza in un luogo comune più che una comunanza di luoghi, ma qualcosa mi dice che forse la presenza di Grethe possa far trapelare un'incrinatura nell'atteggiamento tutto d'un pezzo di Laura. Sono allo studio.

Siamo qui. Aspettiamo Luisa che dovrebbe terminare a momenti delle prove di uno spettacolo per una rassegna di Teatro Altermondialista in un piccolo teatro/cantina con la regia di un pittore con in tasca la tessera di un partito della coalizione di centrosinistra. Ma la mia sensazione è che queste prove si prolungheranno nell'appartamento del primo attore della compagnia.

«Qualcuno vuole dell'altro rum?»

Un coro entusiasta di sì. Mirko ne versa dosi abbondanti, è l'unica cosa su cui non lesina. Il fuoco delle nostre emozioni sta languendo tristemente e la temperatura comincia a scendere.

«Senti Mirko hai rotto il cazzo, te lo pago io il riscaldamento, ma se non fai qualcosa me ne vado, non mi va di fare esperimenti sui miei tempi di resistenza all'assideramento!»

«Dici sul serio Marina?»

Mirko in queste cose non ha senso dell'umorismo.

«Sul serio cosa, Mirko?» Voglio che lo dica lui quello che ho intuito.

«Il fatto del pagamento… il riscaldamento…»

Ecco. Ora per la stanza si sviluppa un calore interno, brucia energia superflua, quella che ci doveva servire per resistere un paio d'ore. Mirko non tenta neppure di parare il colpo della figura che ha fatto. È l'egocentrismo maligno. Cresce come un'edera, gradualmente ma inesorabilmente. Fa un bell'effetto da fuori. Ma un bel giorno scopri che ha ricoperto tutta la facciata di un palazzo. Sai che se cerchi di toglierla, dovrai rifare completamente l'intonaco. A quel punto, sei talmente ricoperto di attenzione verso te stesso che il mondo esterno e le sue esigenze indipendenti da te scompaiono totalmente dai tuoi pensieri. Il tuo pensiero è il pensiero di tutti.

Marina è fuori di sé.

«Dove cazzo sta la caldaia? Basta con queste cazzate, sei ridicolo, lavori più di me e ti lamenti sempre. E non parlarmi di contratti a termine, di provini, d'insicurezza, della difficoltà per gli attori non famosi… della gavetta che dura una vita! Siamo tutti nella stessa merda. Ora però», e lo dice con gioia dal terrazzo dove ha individuato la caldaia, «diamo il calore a chi non ne ha. Redistribuzione dei gradi centigradi!»

Mirko viene sedato da Vito.

«Eddai, eh!»

La sua loquela è articolata come le sue regie. È molto più efficace con i muscoli che con le parole. Muscoli che mostra ogni giorno al bar eternamente più in voga della Roma *alternative-cinephile* tra i giovani da centro sociale.

Raoul al contrario non parla. La sua mano cerca quella di Vivian con una contorsione che io osservo senza parole. Laura osserva tutti noi con l'aria di chi il calore lo reperisce nella vibrazione cosmica, non avendo bisogno di stimolazioni banalmente materiali. Clelia prende appunti mentali per il suo prossimo disastro, Marina sta improvvisando una danza macabra attorno al suo quasi ex, e Grethe mi si viene a sedere vicino.

Grethe mi sussurra: «Io me ne sto andando tu che fai?».

Lei spesso fa quello che molti non osano pensare.

«Aspetta ancora un po', qualcosa succederà.»

Sono annoiato, profondamente stufo di queste riunioni tra trentenni vecchi. Da domani voglio intorno a me solo persone di massimo 25 anni. Voglio immaturità vera, cronologicamente motivata e non dovuta al mascheramento e alla difesa strenua. In quel momento suona il campanello. Mirko va ad aprire.

«Che ti dicevo? Ecco Luisa», faccio soddisfatto a Grethe.

Non è lei. Sento dietro di me un vociare, sembrerebbero decine di persone, mi volto ed effettivamente entrano orde di coetanei. Sembra che si conoscano, o che abbiano qualcosa in comune. Il nostro equilibrio instabile si rompe. Quello che deve succedere è presto davanti a noi.

Mirko guarda l'orologio.

«Bene, non aspettiamo più nessuno.»

«Ma Luisa...?» fa timidamente Clelia.

«Scht...», risponde Vivian autoritaria.

«Sapete perché siete qui. Sapete tutto. È tempo di agire. Keat», dice autoritario Mirko.

Mi guarda. Cos'è questa improvvisa decisione che squarcia la sua depressione post-lavorativa? Si aspetta un mio commento. La sua espressione svela una certa soddisfazione. Forse devo dire qualcosa. Forse devo solo accorgermi di qualcosa. Di un suo gesto. Di questo assembramento inaspettato. Dell'evoluzione della mia idea appena accennata. Il suo sviluppo fuori dal controllo del creatore. Il libero arbitrio...

Non so che dire. Il gioco è stato giocato mille volte, abbiamo da tempo superato l'età dei consessi semi-segreti per ideare un nuovo ordine mondiale. Potrei allora parlare del perché non può esistere un sindacato dei trentenni, del perché siamo ancora qui tra noi a lamentarci degli anni buttati alla ricerca di qualcosa che semplicemente non c'è e nessuno può darci. Serve del nuovo. Alzo le mani. Per arrendermi.

"Mi arrendo. Mi dichiaro limitato, impotente, sconfitto. Mi arrendo alla mia incapacità di vedere tutto questo come possibile. Mi arrendo all'ovvio e al meno scontato, a quello che c'è e a quello di cui ci sarebbe un gran bisogno. Mi arrendo a quello che avrei voluto realizzare e ho lasciato perdere, alla realtà che con le sue sfumature spesso irridenti ti offre occasioni impreviste. Mi arrendo all'inevitabile. Ma soprattutto, mi arrendo a quello che vedo, l'inizio di qualcosa che riconosco, qualcosa che ha il mio aspetto, sottratto alla polvere della mia inettitudine." Lo penso per farmi coraggio, e forse lo sto per dire. Ma vengo interrotto.

«Ho una sorpresa per te Keat. Io non ho mai preso la tua idea come uno scherzo. È vero, ti ho riso in faccia la prima volta. Mi dicevo, "ma cos'è questa stronzata, a cosa serve fare le vittime una volta ancora?" Poi però tra le pause eterne del mio lavoro ci ho riflettuto di nuovo. È diventato molto diverso da un gioco tra amici, e la tournée mi ha fornito la possibilità di girare l'Italia e portare la nostra voce, creare contatti, parlare, confrontarmi. Sei mesi di lavoro, e qui abbiamo il risultato. 89 sezioni, di cui 75 oggi presenti e 8754 iscritti. Abbiamo interrotto le adesioni per il momento, per eccesso di rialzo.»

Esplode un grande applauso spontaneo. Qualcuno fischia. Urla. Guardo Grethe, lei ricambia. Questa storia è una storia che racconteremo in due. In tre, se Marina si sveglierà in tempo dal torpore.

«Ho chiamato il rappresentante di ogni sede locale disseminata nel paese. Sono esattamente 89. Dieci non sono in condizione di venire e hanno mandato una delega al voto, tre sono agli arresti domiciliari... sì, hanno già tentato la svolta! Troppo presto credo, e uno si è dimesso da una sezione formata soltanto da lui e da sua sorella. Quindi qui abbiamo 75 rappresentanti locali. Ma c'è un'altra sorpresa. Per tutti. Da oggi abbiamo un simbolo tangibile talmente forte da scatenare una battaglia a colpi di marketing. Noi abbiamo il nostro slogan vivente, l'incarnazione di tutte le nostre carenze. Abbiamo il nostro stendardo. Prima di andare avanti però voglio presentare gli ospiti.»

Sto per fare una domanda, *la* domanda. Mirko mi anticipa.

«Vivian, vieni qui.» La giovane consulente si avvia a passo deciso. Sembra che pure lei sappia. «Lei è Vivian.

Permetti Vivy che spieghi io la situazione? Voglio toglierti l'impaccio.»

«Fai pure Mir.»

Mir... Pace!? Il mio collo si gira immediatamente muovendo la testa in direzione di Raoul prima e di Marina poi. Mi palleggio tra i due. Il primo ha un esordio di parossismo mimico al volto, una contrazione spastica che gli dona una maschera di schifo. Lo schifo del vuoto, dell'improvvisa scomparsa. Esattamente quello che Marina provava fino a pochi minuti fa. Lei capisce da quell'espressione di essere la seconda e non la prima. So che sta pensando anche a come trovarsi un altro primo della lista. In quel momento si volta verso la sala gremita. Studia. È una massa composita. Non si riuscirebbe a individuare un elemento comune tra tutti questi ex-giovani quasi-uomini, neanche studiandoli approfonditamente. Mirko continua il suo comizio.

«Vivian è da oggi il nostro logo vivente. Il marchio metaforico di una generazione. Vivian è una donna bellissima, dolce, raffinata, di cultura superiore alla media, professionalmente preparatissima, con un lavoro eccellente e un futuro ancora migliore. Ma Vivian è anche vittima di una sindrome rarissima, quasi sconosciuta, scoperta da un patologo fisiognomico dell'area delle Fiandre, Lucas Cranach, omonimo dei due pittori del Rinascimento, padre e figlio. Questa sindrome detta *Sindrome di Cranach* o *Sindrome Defisiognomizzante*, colpisce soggetti in età compresa tra i 28 e i 30 anni. Il suo effetto è un' erosione graduale e completa delle ossa e delle cartilagini del viso che formano i caratteri fisiognomici, fino a rendere la persona irriconoscibile. Poi, verso i 40 anni, si addormenta e scompare. Non è mortale, è solo anonimante. Potete immaginare Vivian senza volto?»

Coro di NO. Sembra di essere in un convegno trimestrale di dipendenti di una TV privata...

«Beh, io l'ho immaginata», tira fuori da una borsa un cartoncino con disegnata una Vivian anonimata, alla *Gommaflex*. «Questa è Vivian tra 5 anni!» Parte un coro stupito di Oohh!, all'unisono. «Questa malattia colpisce solo i trentenni, finisce entro i 40 anni e ha come conseguenza di lasciare il paziente senza identità. Non è tutto. Il medico che ha dato il nome alla malattia è omonimo di uno dei più grandi ritrattisti del Rinascimento, Lucas Cranach il vecchio. Mai l'ironia del destino fu più grande! Vivian è il nostro simbolo, la nostra imago parlante. Il *Ritratto di donna senza volto*. La sua sofferenza è la nostra condizione. Il male che le cancella l'identità rappresenta perfettamente il lento affievolirsi di ogni nostro tentativo di emersione. Vivy ha deciso di mettersi a nostra disposizione. Farà da logo vivente. Rappresenterà la nostra campagna di anti-marketing sincretico.»

Segue una pausa riempita dal gusto con cui Mirko assaggia gli ingredienti del colpo che sta per sferrare. La rappresentanza sindacale prende fiato. Raoul boccheggia, Laura è assente, fluttua in una molecola di carbonio poco fuori della stratosfera, Vito e Clelia sono con Mirko in tutto e per tutto, comunque vada, aprioristicamente. Io mi giro verso la sala. Scruto le espressioni, ma sono immediatamente invaso da sorrisi di gratitudine. Sento il loro stato di grazia, la loro fede in questo progetto. Vorrei dire, urlare: "No, non così. Non dovevamo diventare un'altra soluzione totale, buona per tutte le salse, questo no! Toglietevi quelle idee dalla testa. Toglietevi quelle convinzioni. Non risolverete i vostri problemi personali qui dentro. Io con questo manicomio settario non c'entro. Non sono io che dovete ringraziare, ma la vostra mediocrità!".

Mi volto e vedo Grethe assorta in un bicchiere di Nero d'Avola. Marina è in cerca della sua vittima sacrificale. Colui che dovrà farle superare l'era-Raoul.

Mirko adesso ha un tono meno retorico.

«Siamo qui per votare il passaggio all'azione diretta. La propaganda sta dando ottimi frutti, il processo è in continuo sviluppo e dubito che si arresterà tanto facilmente. Siamo affiancati dagli Urban Flickers, dai cyclers, dagli Adbusters, da qualche frangia semianacoretica di resistenza vega, dagli anarcoindividualisti, dalla rete dei McJobbers, da animalisti caniscìolti, dalla menathomesociety, dal SoftBloc, da nessuno e da tutti. Ma soprattutto, siamo già citati di striscio negli studi sociologici di regime e i partiti che cercano consensi laddove hanno sempre dimenticato di guardare, hanno già lanciato i loro anatemi, segno della nostra crescita. Non temete, li ignoreremo sfruttandoli. La nostra forza è nel nostro non esistere. La nostra esistenza è impalpabile, astrutturata, incorporea. È questo che ci renderà incorruttibili e inalienabili.

Bene. Avete tutti il modulo di votazione. Avete tutti letto il comunicato. Ora, chi vota per la svolta faccia una croce sul SÌ, chi è contrario faccia una croce sul NO. Sono le 22 e 24 minuti. Tra un minuto avrete 30 minuti per votare. Poi, infilate i vostri moduli qui, in quest'urna. È tutto chiaro?» Coro di SÌ. «Via!»

Trenta minuti per fuggire, per mettermi dietro le spalle un mostro che ho creato io stesso e che mi hanno scippato. Per illudermi che sia solo la fantasia cieca di un trentenne incazzato, frustrato, senza un futuro certo se non quello di sentirsi giovane fino a quando sarà vecchio, senza passaggi intermedi. Trenta minuti per rincorrere una nuova idea di vita, per prendere Grethe, Marina e pochi altri e volare insieme verso il Madagascar, o la Micronesia, le Fiji, e ricostruire una nuova generazione sensata, eliminando le scorie. Trenta minuti per riconnettermi, per non vedere sfuggire quest'occasione unica e rientrare in quel giocattolo che ho creato io stesso. Trenta minuti che passano in un batter d'occhio. Un intervallo in cui entra ogni forma di contenuto, ogni idea, ogni parola detta, tutto il viaggio di una vita riassunto in poche righe. Vedo un tentativo contraddittorio, la ricerca di un senso e di un'identità in rapporti frammentati e spersi, inutilizzabili in partenza, funzionali solo alle chiacchiere, alle giustificazioni, a quelle belle frasi che ci diciamo tutti i giorni per assomigliare sempre di più al nostro ideale di riferimento. Rapporti spesso stanchi, incontri casuali, al buio, cene, birre, sigarette, notte, feste e feste e ancora feste. Mattina pesante, le liste delle cose da fare rimandate continuamente, i contatti, il lavoro sempre privo di un riconoscimento al merito. Via, buttare tutto nella notte, nei pensieri che se ne vanno e nella ricerca di incontri da accumulare. Via, al telefono fino a tarda notte. Costruire il mito che rincorro, ognuno dietro al proprio mito. Al mito dei miti, al mito che sia mito per tutti, che incarni tutti i miti pensabili al mondo. Trenta minuti. Dong! Finiti. Spoglio, lettura, risultati.

«Vince il SÌ all'unanimità!»

Si alza una mano. È l'unico che ha votato no. Dov'è il suo voto? Sì, ma perché cambia qualcosa? Sì, se manca il suo voto, chissà quanti altri, fossero pure dieci soltanto, sono importanti. Però dieci non cambiano il risultato, è una vittoria dei SÌ. Ricontare? Rivotare? No, il NO, l'unico e il solo, si rassegna, ha perso.

«Bene, allora lancio la proposta. La nostra prima azione sarà un misto di simbolismo e di recupero crediti. Dove vanno i nostri contributi? Qualcuno li investe in titoli o altro? – coro di Nooo – No! L'INPS ci paga le pensioni ai nostri genitori. Noi paghiamo le pensioni ai nostri genitori. E ai nostri nonni, per chi li ha ancora. Bene. Noi ci apposteremo all'uscita di ogni ufficio postale e scorteremo gli anziani fino a casa, o alle automobili. Per evitare che vengano scippati. Per proteggere i nostri stipendi. Questo gesto simbolico è mirato alla salvaguardia dei soldi che noi abbiamo sudato. Ma non è tutto. Chiederemo ufficialmente un 10% di mancia, che rappresenterà la giusta quota dovuta al nostro servizio e che servirà a finanziare le nostre attività. Chiederemo quei soldi, nostri, che altrimenti non potremo mai più rivedere. Non credo che mai qualcuno accetterà, ma noi faremo questo gesto simbolico per sottolineare la nostra posizione, la posizione ufficiale dei figli sdegnati per i privilegi dei loro genitori fruitori di pensioni retributive. Ma le forme di lotta possono essere molteplici. Qui abbiamo affrontato il metodo più pulito, lecito. Non tutte le sedi opteranno per la linea morbida. Noi diamo libertà d'azione, l'importante è che ogni centesimo a noi derubato venga individuato e "accompagnato", ed eventualmente rappresenti una mera goccia di recupero dall'oceano dei nostri contributi gettati al vento. Alcuni associati si sostituiranno ai dipendenti alle casse postali e detrarranno alla fonte la nostra quota con la motivazione di una "quota di restituzione del maltolto". Altri associati opteranno per operazioni più drastiche nei confronti di quei privilegiati truffaldini che incassano pensioni d'oro senza mai avere pagato i contributi di mercato necessari per ottenere quel privilegio. Altri ancora creeranno le condizioni per un ricambio nei posti di lavoro. Che la vostra fantasia guidi a forme di lotta! Ma sappiate che i nostri veri nemici, i ladri, i banditi sono coloro che succhiano la gran parte dei nostri diritti di futuri pensionati contributivi senza pensione. Con questo ho finito. Abbia inizio la festa!»

Si rompono le righe, urla, euforia, Marina che si getta nella mischia, ha puntato un belloccio travestito da rapper. Un rasta. Raoul si getta ai piedi di Vivian e cerca di riportarla a sé. Laura torna tra noi e va a disegnare qualcosa sopra il camino. Vito cerca di esprimere la sua soddisfazione.

«Bella… 'na cosa figa… una cifra…», e Clelia lo segue senza mutare d'espressione, la solita, lunga ed evanescente.

Sono bloccato sul divano. Sento il peso di un destino

beffardo che rende reali le idee più bizzarre, e che trova il consenso nell'assurdo. In un attimo, dal silenzio di un dialogo spezzato, tutti questi esseri creduloni spaesati si gettano in un contesto in cui sanno meglio come comportarsi. Il tasso alcolico cresce rapidamente. Qualcuno è già al lavoro. La tensione scorre attraverso le bottiglie che si svuotano e si trasforma in energia sensuale. Risa. Gemiti, parole sussurrate. Promesse per le ore piccole. Tutto come sempre. Non capisco cosa ci sia di diverso. Le mandibole al lavoro, gli occhi alla ricerca. Le mani su piatti e bicchieri ricolmi. Le luci abbassate. La musica che crea obnubilamento percettivo. Una festa in pieno stile. La nostra droga. La nostra identità mostrata anche qui, dove dovremmo tutti cercare nuove forme di espressione, mi dico.

Prendo il plaid e mi accartoccio lì sotto cercando un tepore che mi manca, una protezione che non trovo. Marina ride sguaiatamente, esibendosi per il suo ex-clone. Non sa che Raoul ha da poco seguito la sua Vivy in cucina e non può sentirla. Il rumore è assordante, non riesco a muovermi, sono bloccato, pesante, e apro la valvola della fantasticheria.

Vedo una ragazza senza connotati, che può decidere d'accordo con il suo chirurgo/zio di assumere l'identità di chi vuole inventarsene una, centinaia, magari farsi un viso in un materiale scomponibile da poter sostituire ogni volta che si stufa di sé oppure ogni volta che vuole piacere al suo oggetto del desiderio di turno. "Come ti piaccio?" "Naso etrusco, occhi a mandorla, labbra carnose, mento delicato e mascella alla Halle Barry." Zac! Una svitata qui e un inserto là e… la regolazione è bell'e fatta. Questo sistema lo si potrebbe espandere a tutto il corpo, ai fianchi, al sedere, al seno e magari anche agli organi genitali. Magari approntare un sistema che si applichi al cervello, a centri del pensiero o a quelli dell'iniziativa, o del fascino, se esistono. Influire sul modo in cui viviamo nel mondo, su come ci presentiamo, vendiamo le nostre capacità. Poi, la sera attivare la formula "Splendor" e diventare polo d'attrazione. Unica controindicazione la presenza contemporanea nei locali e nelle feste di troppi poli d'attrazione. Una festa di tutti poli d'attrazione, chi attrarrebbe? Il problema è la massificazione, l'assomigliarsi dei sogni, dei miti, dei punti d'arrivo. Immagino una sfilza di "Splendor" che si muovono solitari, non parlano, sorseggiano un Gin & Tonic con fettina sottile di limone e poco ghiaccio, mandando giù schiuma di rabbia esistenziale per la propria condizione di figo autoemarginato.

Fa caldo qui sotto, sto sudando, il rumore sale, qualcuno si avvicina al divano e mi lancia un'occhiata in cui fonde incomprensione e desiderio di vedermi incarcerare. Quando si è all'acme dell'orgasmo nessuno ama la non integrazione totale. Potrebbe inserire un dubbio che non deve esistere. Lo guardo implorando perdono, anche se penso che lui, no, lui proprio non è pronto per il progetto che avevo in mente.

Grethe, discretamente, si sta versando un po' di limoncello fatto dalla nonna di Mirko. Una pensionata d'oro che gli ha lasciato un buon gruzzolo per comprare questa casa.

All'improvviso un segnale sonoro. Un BIP prolungato

all'esterno, seguito da lampi provenienti prima dalla cima di un palazzo vicino, poi più in là dall'attico di un edificio più a sud. Cala il silenzio. La musica cessa all'istante. Nessuno parla. Sono tutti fermi ma sereni. Non sembrano turbati. Qualche cenno. Ma si tratta più di gesti involontari. Sembra che sappiano già cosa fare. La porta si apre, ne esce un gruppo di dieci persone. Altri cinque vanno in terrazzo e si calano di sotto. Non oso pensare verso cosa. Passa un minuto. Fuori altri due gruppi, e così via. In un quarto d'ora l'appartamento è vuoto. Sono spariti tutti, Mirko e Vivian compresi. Restiamo io, Raoul e Marina, piantata in asso dal suo rasta. Grethe è al buffet completamente a suo agio. Ride, sorride. Scalpitio esterno, il rumore dell'ascensore. Voci, sussurri. Qualcuno suona. Sappiamo che cosa ci attende, ma nessuno vuole prendersi il merito di tutta quell'attenzione. Il campanello comincia a suonare un po' più nervosamente. Voci. Chiamano. Mi chiamano? Grethe mi fa assaggiare una tartina al paté di asparagi deliziosa. Ha una scaglia finissima di parmigiano con sopra una fettina minima di avocado su cui campeggia una goccia densa di gorgonzola, un'apoteosi. Lavo via il sapore con un sorso goloso di Falanga ben fredda che sa leggermente di tappo.

Bussano, no sono calci, o spallate. Metodi vecchi. Raoul non parla, è nel pieno di un suo pensiero autoriferito piuttosto contorto, si nota la labirinticità del suo sforzo mentale nell'espressione degli occhi, nello sforzo che deve fare per mantenerli all'interno del cranio. Marina, invece sembra che ripeta mentalmente un monologo, le interpunzioni, il significato delle diverse appoggiature, le pause, il gusto di quegli incalzando e delle sincopi. Passeggia avanti e indietro proprio davanti a Raoul. È a quel punto che le sue parole diventano percepibili. Il mio filtro si spegne d'improvviso.

«... potevi dirmelo, sono sempre stata sincera con te, non sono stata sincera? No, dimmi se ti ho mai mancato di rispetto. Hai sempre avuto un'amica in me, quasi una sacerdotessa. Ti ho dato l'essenza di me. Non eri quasi capace di stare al mondo, prima di conoscermi, e tu mi ripaghi così?...»

«Fermitutti nonvimuovetenonditeunaparolasietetuttiinstatodifermo!!» Poi mi guarda. «Lei chi è?»

Me lo domando anche io.

«Lei chi cercava?»

«Questa non è casa Filippini?»

Faccio segno di sì.

«Il signor Mirko Filippini chi è?»

Raoul alza gli occhi.

«Può abbassare quel coso?» gli fa senza timore.

Non è propriamente la situazione in cui vorrei immaginarmi. Tutto finito in una banale irruzione di un fantomatico corpo speciale anti-sommossa. Anti-trentenni. Mi ritrovo sempre qui, davanti ad una canna di pistola.

Dissolvenza incrociata.

Casa di Mirko. È passato un minuto, forse solo quaranta secondi.

«Allora Keat?»

"Cosa?"

«Stai dormendo?»

"No, non sto dormendo."

«Keat, se fossi il segretario del Sindacato dei Trentenni, quale sarebbe la tua prima decisione?»

"Grazie Grethe."

«Proporrei una legge dall'entrata in vigore della quale i cromosomi dovrebbero smettere all'istante di agire indipendentemente dalla propria condizione socio-psicologica.» O viceversa.

Silenzio. Non so dove l'ho presa, ma suonava bene. Il fuoco è spento, ma sento un calore inusuale. Qualcuno alle mie spalle ride sguaiatamente. Ho nella mano destra uno spinello rollato a macchinetta, a una prima occhiata si direbbe un purino. Non so se fumarlo o aspettare che si spenga da sé. Raoul fissa amabilmente Vivian, e Marina a sua volta completa il quadro odiandosi per aver speso così tante energie in un altro rapporto senza futuro.

«Senti mentre aspettiamo il miracolo vorresti condividere con noi le gioie del Tetraidrocannabinolo?»

Mirko ha questo di buono, non ha lati positivi. Ho provato con Marina a individuarne uno, almeno uno, ma risultava essere soltanto una variabile relativa e non assoluta. Non tutti gli attori sono così. Lo diventano quasi tutti.

Finalmente alzo gli occhi, la sala è vuota, nessuna traccia dell'invasione, nessuna traccia d'assembramenti o di retate. Niente. Non è successo nulla. Non succede mai nulla. Domani ci sveglieremo e cominceremo a pensare a chi chiamare nel pomeriggio per la sera. Cinema, birra, passeggiata. Cena, dopocena, gay-village, disco-pub o puttan-tour. Breve incontro con il pusher, canna di riscaldamento e quella strana confusione che ti prende quando dalla solitudine passi a troppi abboccamenti contemporaneamente. E poi i nostri incontri rituali in cui voliamo ben al di sopra di quello che fumiamo.

Mirko in un momento in cui restiamo soli mi confessa che ha un piccolo archivio video delle nostre ormai rarissime riunioni dove di solito mimiamo un'esistenza impegnata a capo di una nazione che non c'è. In un mondo in cui dare il meglio di sé può portare a un dialogo, a un ripensamento, a un ascolto. Una lotta che non è mai cominciata e che probabilmente qualcuno ha già represso nel sangue. Piccole sommosse. Brevi annunci. Slogan. Comizi. E sit-in. Scioperi della fame. Blocco delle linee ferroviarie. I nostri corpi usati come schermi, barriere per fermare una cronologia impazzita, o per accelerare l'arrivo della mietitrice che garantisce la ciclicità della turnazione tra generazioni. Tutto questo, e forse altro, in uno stanzino ricolmo di videocassette. Un backstage di discussioni su "quello che non va e che può andare anche peggio". Prove a sfavore. A sfavore nostro. Qualcuno di cui non ricordo il nome, un ingegnere cibernetico che ha partecipato a un paio di nostri incontri, ne ha anche fatto un gioco. Una *β-version.*

È tutto filmato.

Provo a convincerlo a cancellare tutto. Mi risponde che quelle registrazioni non servono per essere viste, ma per sedare un suo bisogno di possedere la memoria storica dei nostri momenti peggiori. O migliori. Gli servono a sentire di avere da qualche parte un passato, su nastro magnetico. Mi porta in cantina. Davanti a quegli scaffali pieni di videocassette. Gli chiedo di lasciarmi solo un momento.

Penso di chiedere a Mirko di ospitarmi per una settimana o due. Un mese. Sento il bisogno di vedere, di sapere... ho bisogno di ricordare. Da dove è nato il tutto, in che punto ci si è distaccati dal nostro Cape Canaveral... Ho bisogno di rientrare alla base, devo lasciare la stazione orbitante... tornare nello stomaco sentire di essere digerito. Una full immersion. Potrebbe essere un rituale di passaggio attraverso cui rinascere finalmente *maggiorenni*. Non era questo il nostro obiettivo? Crescere? Essere riconosciuti come parte del mondo adulto? Sentirci apostrofare con rispetto? Non volevamo questa dimostrazione formale del nostro essere già arrivati da un pezzo a quell'obiettivo per il quale formalmente eravamo ancora inseriti in un'eterna lista d'attesa?

Vederle tutte. *Frame by frame*. Non perdere nessun momento. Fissare quella memoria per la seconda volta. Dal di fuori. Rendere quelle esperienze, così, perfette. Vissute due volte. Dall'interno e dall'esterno. Fermare la vita interna per completare un percorso. Fare da cavia. Provare su me stesso. Sarà dura, ma forse dopo, finalmente potremo liberarci di questa zavorra del passato. Assorbirla. Sedimentarla. Renderla innocua anche se solida. Fluire. Liberi. Senza più incombenze. Almeno. Provarci. Prendo in mano una cassetta miniDV. la prima della serie. Sull'etichetta esterna campeggia un 20 luglio 2001... Nell'etichetta interna, i nomi dei presenti alla riunione, qui anche stasera: io, Mirko, Marina, Vito e

Clelia e poi altri nomi di persone oggi assenti. Una sera come le altre. Nessuna notazione a margine. Una normale serata tra amici, ripresa interamente. "È semplicemente geniale!" penso e rimetto la cassetta al suo posto. "Qui dentro", mi dico, "tra tutti questi incontri saltuari, c'è quello che sto cercando. Tutto sta a sapere COSA."

La bocca mi si riempie di saliva. Torno al piano di sopra con una nuova consapevolezza in tasca. Preparo mentalmente le valige per il trasloco temporaneo. Non ci sarò per nessuno. Non sto nella pelle. Migliaia di cassette da analizzare... Ormai il meccanismo è avviato in modo irreversibile. La battaglia è iniziata, cominceranno a cercarci porta-per-porta. Ci interrogheranno. Ma la prima bomba è saltata, il *vaso* è stato scoperchiato ed esposto alla luce. Alla nostra vista. Ho guardato. Mi sono riconosciuto. Non si può tornare indietro. Faremo quello che andrà fatto. Ho un lieve giramento di testa all'idea. Dev'essere l'orrore della pienezza, di quella sazietà che è un po' pessimismo, un po' elaborazione di un lutto. Una cognizione di qualcosa che si sta trasformando e che ha lasciato la sua forma originaria, che è dentro di me, di noi, fluida, gassosa, decostruita. In casi come questi l'istinto mi chiede di mantenermi in bilico in questo stato il più a lungo possibile, di tenere l'equilibrio fino all'ultimo istante e poi svanire, imbarcarmi su un battello diretto in mare aperto, senza bussola, senza radio, senza sestante. Senza deriva. Restare a guardare fin dove arrivo. Con l'immaginazione. Fin dove riuscirò ad arrivare.

Indice

popup

narrativa italiana contemporanea

Antonio Carbone, *è acqua di sole*

Luca Dresda, *dateci del lei*

Finito di stampare nel mese di aprile 2005
presso Tipografia Giuntina, Firenze